이반 일리치의 죽음

Смерть Ивана Ильича
by Лев Толстой

이반 일리치의 죽음

Смерть Ивана Ильича

Лев Толстой

레프 톨스토이 소설 | 아구스틴 코모토 그림 | 이항재 옮김

문학동네

일러두기

1. 번역 대본으로는 1978~1985년 모스크바 예술문학출판사에서 출간한 22권짜리 톨스토이 저작집 가운데 제12권을 사용했다. Л.Н. Толстой. Собрание сочинений в 22 тт. М.: Художественная литература, 1978~1985. Т. 12.
2. 주석은 모두 옮긴이주다.

차례

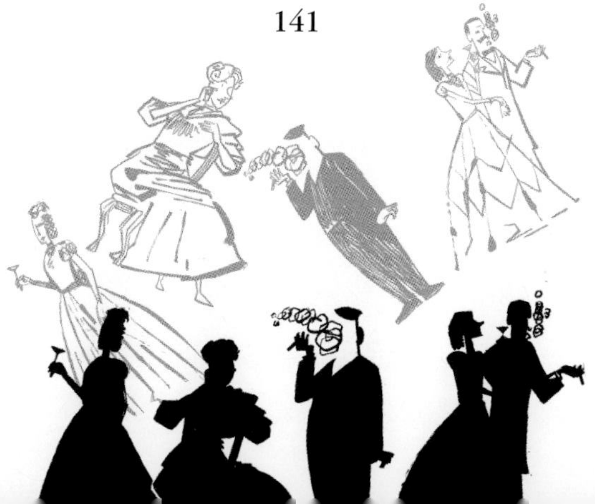

1

커다란 법원 건물에서 멜빈스키 사건을 심리하던 재판관들과 검사가 휴정 시간에 이반 예고로비치 셰베크의 집무실에 모여 이야기를 나누다가 유명한 크라소프 사건을 화제에 올렸다. 표도르 바실리예비치는 이 사건이 해당 재판소의 관할이 아니라고 증거를 대면서 열을 올렸고, 이반 예고로비치도 자기 의견을 고수했으며, 처음부터 이 논쟁에 끼어들지 않았던 표트르 이바노비치는 거기에 관여하지 않고 방금 배달된 신문 〈베도모스티〉를 훑어보고 있었다.

"여러분!" 표트르 이바노비치가 말했다. "이반 일리치가 죽었어요."

"정말로요?"

"여기를 읽어보세요." 아직 잉크 냄새가 나는 새 신문을 표도르 바실리예비치에게 건네며 표트르 이바노비치가 말했다.

검은색으로 테두리가 쳐진 부고란에는 다음과 같은 내용이 실려 있었다. '프라스코비야 표도로브나 골로비나는 항소법원 판사인 사랑하는 남편 이반 일리치 골로빈이 1882년 2월 4일에 운명했음을 비통한 마음으로 친지들과 지인들께 알려드립니다. 발인은 금요일 오후 한시.'

이반 일리치는 방에 모여 있던 신사들의 동료였고, 그들 모두 그를 사랑했다. 그는 벌써 몇 주 동안 병을 앓고 있었는데, 고칠 수 없는 병이라고 했다. 그의 자리는 공석으로 남아 있었지만 그가 사망할 경우 알렉세예프가 그 자리에 임명되고, 알렉세예프의 자리에는 빈니코프나 시타벨이 임명될 것이라는 설이 떠돌고 있었다. 그래서 셰베크의 집무실에 모여 있던 신사들이 이반 일리치의 사망 소식을 듣고 맨 처음 떠올린 생각은 이 죽음이 자기 자신들과 지인들의 자리 이동이나 승진에 어떤 의미가 있느냐는 것이었다.

'이제 시타벨이나 빈니코프의 자리는 아마도 내 차지가 될 거야.' 표도르 바실리예비치는 생각했다. '오래전부터 약속된 것이니까, 이번 승진으로 사무실이 생기는 것은 물론 수입도 8백 루블이나 더 늘어나겠지.'

'이제 처남이 칼루가에서 이곳으로 이동할 수 있게 청을 넣어야겠군.' 표트르 이바노비치는 생각했다. '아내가 아주 좋아하겠지. 이제 처갓집 식구들을 위해 내가 아무것도 해준 게 없다는 말은 절대 못할 거야.'

"병상에서 일어나지 못할 거라고 생각은 했지만," 표트르 이바노비치가 큰 소리로 말했다. "애석하군요."

"그런데 대체 어디가 아팠었나요?"

"의사들도 확실한 진단을 내릴 수 없었어요. 다시 말해, 의사들이 진단을 내리긴 했는데 저마다 소견이 달랐답니다. 내가 마지막으로 보았을 때만 해도 회복될 것 같았는데."

"나는 새해 명절 이후로 가보질 못했어요. 가봐야지 하고 늘 생각하고 있었는데."

"그런데 남긴 재산은 있나요?"

"부인에게 뭔가 아주 작은 것이 있는 것 같은데, 별로 가치가 없어요."

"그렇군요, 어쨌든 가봐야 하는데. 그 집이 워낙 멀어놔서."

"당신 집에서 멀다는 말이겠지요. 당신 집에서는 모든 곳이 다 멀지요."

"저 사람은 내가 강 건너에서 사는 걸 용서할 수 없는 모양입니다." 셰베크에게 미소를 지어 보이며 표트르 이바노비치가 말했다. 그들은 시내 사이의 거리가 멀다고 서로 이야기를 나누다가 법정으로 향했다.

이반 일리치의 사망 소식을 듣고 그들의 마음속에 떠오른 생각은 이 때문에 있을 수 있는 자리 이동과 보직 변경에 대한 것만은 아니었다. 가까운 지인이 죽었다는 소식을 들은 사람들은 누구나 그렇듯이, 그들도 죽은 게 자신이 아니라 그라는 사실에 안도감을 느꼈다.

'그래, 죽었군. 하지만 나는 이렇게 살아 있어.' 그들 각자는 이렇게 생각하거나 느꼈다. 이와 동시에 가까운 지인들, 이른바 이반 일리치의 친구들은 이제 예의상 아주 따분한 의무를 수행하기 위해 추도식에 가서 미망인에게 조의를 표해야 한다는 생각을 무의식적으로 했다.

고인과 가장 가까웠던 사람은 표도르 바실리예비치와 표트르 이바노비치였다.

표트르 이바노비치는 법률학교를 같이 다닌 동료였는데, 자신이 이반 일리치에게 빚진 게 많다고 생각했다.

표트르 이바노비치는 식사하는 자리에서 아내에게 이반 일리치의 사망 소식을 전하고, 처남을 그들의 관할지역으로 이동시킬 수 있을 것 같다고 말해주었다. 그러고는 잠시 쉬지도 않고 연미복을 입더니 이반 일리치의 집으로 출발했다.

이반 일리치가 사는 아파트의 현관 입구에 사륜포장마차 한 대와 승용마차 두 대가 서 있었다. 아래층 현관의 옷걸이 옆에 가루약으로 윤을 낸 금줄과 금술로 장식된 번쩍이는 관 뚜껑이 벽에 비스듬히 세워져 있었다. 검은 옷을 입은 부인 둘이 짧고 가벼운 모피외투를 벗고 있었다. 한 명은 이반 일리치의 누이로 낯익은 얼굴이고, 다른 한 명은 낯선 부인이었다. 표트르 이바노비치의 동료인 시바르츠가 위층에서 내려오다가 막 현관으로 들어오는 그를 위층 계단에서 발견하고는 멈춰 서서 눈을 한 번 찡긋해 보였다. 그 모습은 마치 '이반 일리치는 바보처럼 살다 갔어요. 우리는 정말 멋지게 살고 있는데 말이죠'라고 말하는 것 같았다.

영국식으로 구레나룻을 기른 시바르츠의 얼굴과 연미복을 입은 여윈 모습은 늘 그렇듯이 우아하고 엄숙한 분위기를 자아냈는데, 그의 장난기 많은 성격과 언제나 모순되는 이 엄숙함이 여기서는 유난히 그럴싸하게 보인다고 표트르 이바노비치는 생각했다.

표트르 이바노비치는 부인들을 먼저 지나가게 했고, 그들 뒤를 따라 천천히 계단을 올라갔다. 시바르츠는 내려오지 않고 그대로 위층 계단에 멈춰 서 있었다. 표트르 이바노비치는 그 까닭을 알아챘다. 오늘밤 카드놀이를 할 장소에 대해 의논하고 싶은 것이 분명했다. 부인들은 계단을 지나 미망인에게로 갔고, 시바르츠는 진지하게 꼭 다문 입술에 장난기어린 시선을 보내며 눈썹을 움직여 표트르 이바노비치에게 고인의 빈소가 차려진 오른쪽 방을 가리켰다.

표트르 이바노비치는 방에 들어갔지만 늘 그렇듯이 이런 자리에서 뭘 해야 할지 몰라 머뭇거렸다. 그는 이런 경우에 성호를 긋는 것이 좋다는 사실만은 확실히 알고 있었다. 성호를 그으면서 절도 해야 하는지에 대해서는 확신이 서지 않아 절충안을 택하기로 했다. 방안으로 들어서면서 그는 성호를 긋기 시작했고 마치 절을 하듯이 약간 허리를 굽혔다. 그는 두 손을 움직이고 고개를 숙이면서 가능한 한 방안을 둘러보았다. 고인의 조카로 보이는 젊은이 둘이 성호를 그으며 방에서 나가고 있었는데, 한 명은 김나지움 학생이었다. 노파 하나가 꼼짝 않고 서 있었다. 그리고 이상하게 눈썹이 치켜올라간 부인이 노파에게 뭐라고 속삭이고 있었다. 프록코트를 입은, 활달하고 단호해 보이는 부제副祭가 그 어떤 방해도 허용하지 않겠다는 표정으로 뭔가를 큰 소리로 낭송하고 있었다. 식당 일을 돕는 농부 게라심이 표트르 이바노비치 앞을 가벼운 걸음으로 걸어가면서 마루에 뭔가를 뿌렸다. 이 모습을 보자마자 표트르 이바노비치는 그 즉시 시신이 썩기 시작하는 희미한 냄새를 느꼈다. 이반 일리치에게 마지막 병문안을 왔을 때 표트르 이바노비치는 이 농부를 서재에서 본 적이 있었다. 그는 간병인의 직책을 수행하고 있었고, 이반 일리치는 그를 유난히 좋아했다. 표트르 이바노비치는 계속 성호를 그으며 관과 부제와 구석 탁자 위에 놓인 성상들 사이의 중간 방향에 대고 가볍게 절을 했다. 잠시 후, 한 손으로 성호를 긋는 동작이 너무 길었다는 생각이 들자 동작을 멈추고 고인을 유심히 살펴보기 시작했다.

죽은 사람들의 누워 있는 모습이 항상 그렇듯이, 고인은 뻣뻣하게 굳은 사지를 관 바닥의 깔개에 푹 파묻고 영원히 꺾인 머리로 베개를 베고 있었는데, 그 모습이 죽은 사람답게 유난히 묵직해 보였다. 그리고 죽은 사람들이 항상 그렇듯이 푹 꺼진 관자놀이 위로 훤히 드러난 밀랍 같은 노란 이마와 마치 윗입술을 내리누를 듯이 툭 비어져 나온 코를 내놓고 있었다. 살아 있을 때와는 상당히 다른 모습이었다. 고인은 표트르 이바노비치가 마지막으로 보았을 때보다 훨씬 마르긴 했지만, 죽은 사람들이 다 그렇듯이 얼굴은 오히려 살아 있을 때보다 더 아름답고 특히 더 의미 있게 보였다. 그 얼굴에는 해야만 했던 일을 다 했고, 제대로 해냈다는 표정이 어려 있었다. 그 밖에도 고인의 표정에는 살아 있는 자들에게 보내는 질책이나 경고도 엿보였다. 표트르 이바노비치에게는 이 경고가 부적절하게 보였고, 적어도 자신과는 아무 상관이 없다고 생각했다. 그는 왠지 마음이 불쾌해져서 다시 한번 서둘러 성호를 긋고는 자신이 보기에도 실례일 정도로 너무 급하게 몸을 돌려 문 쪽으로 갔다. 시바르츠는 통로로 사용하는 옆방에서 다리를 넓게 벌리고 선 채 뒷짐을 진 양손으로 실크해트를 만지작거리면서 그를 기다리고 있었다. 장난기 많고 깨끗하고 우아한 시바르츠의 모습을 보자 표트르 이바노비치의 마음이 밝아졌다. 표트르 이바노비치는 시바르츠 같은 사람은 이런 추도식은 물론이고 어떤 괴로운 인상도 마음에 두지 않는다는 것을 알고 있었다. 그의 모습은 이렇게 말하고 있었다. 이반 일리치의 추도식 같은 사건은 모임 일정을 깰 만한 충분한 사유가 될 수 없어요. 다시 말해, 오늘밤에 하인이 새 양초 네 개를 탁자 위에 세우는 동안 그 무엇도 카드 한 벌을 뜯어서 뒤섞는 것을 방해할 수 없습니다. 이 사건이 우리가 오늘밤을 즐겁게 보내는 것을 방해할 수 있다고 예측하는 것은 대체로 근거가 없어요. 그는 옆으로 지나가는 표트르 이바노비치에게 귓속말로 표도르 바실리예비치의 집에서 열리는 카드놀이판에 합류할 것을 제안했다. 하지만 표트르 이바노비치는 오늘밤 카드놀이를 할 운명이 아닌 듯했다. 키가 작고 뚱뚱한 프라스코비야 표도로브나는 날씬하게 보이려고 몹시 애를 썼음에도 불구하고 어깨 아래로 갈수록 펑퍼짐해 보였다. 검은 상복을 입고 머리에 레이스가 달린 베일을 쓴 채, 관 맞은편에 서 있던 부인처럼 이상하게 눈썹을 치켜올린 미망인은 다른 부인들과 자기 방에서 나와 그들을 고인의 빈소가 차려진 방문 쪽으로 안내하며 이렇게 말했다.

"이제 곧 추도식이 있습니다. 안으로 들어가시지요."

시바르츠는 미망인의 이 제안을 받아들이겠다는 것인지 거절하겠다는 것인지 어정쩡하게 고개를 숙여 인사하더니 그대로 그 자리에 서 있었다. 표트르 이바노비치를 알아본 프라스코비야 표도로브나가 한숨을 내쉬고 그에게 바싹 다가와 손을 잡고 말했다.

"당신이 이반 일리치의 진실한 친구였다는 것을 알아요……" 그녀는 자신의 말에 상응하는 행동을 표트르 이바노비치로부터 기대하면서 그를 바라보았다.

표트르 이바노비치는 빈소에서 성호를 그어야만 했듯이 여기서는 미망인의 손을 잡고 한숨을 내쉬며 '그렇습니다!' 하고 말해야만 한다는 것을 알고 있었다. 그래서 그는 그렇게 했다. 그러자 기대했던 효과가 나타났다. 그도 감동하고 미망인도 감동한 것이다.

"시작하려면 시간이 좀 남았으니 저하고 잠시 가시죠. 드릴 말씀이 있습니다." 미망인이 말했다. "팔을 좀 빌려주세요."

표트르 이바노비치가 팔을 내밀었고, 팔짱을 낀 두 사람은 시바르츠 옆을 지나 안쪽 방으로 향했다. 시바르츠는 표트르 이바노비치에게 아쉽다는 듯이 한쪽 눈을 찡긋해 보였다. '에이, 카드놀이는 틀렸네요! 죄송하지만, 다른 파트너를 구할 겁니다. 다섯 명도 괜찮으니까 빠져나오게 되면 오세요.' 그의 장난기어린 눈은 이렇게 말했다.

표트르 이바노비치는 더 깊고 더 슬프게 한숨을 내쉬었고, 프라스코비야 표도로브나도 고마운지 그의 팔을 꼭 잡았다. 그들은 방 전체가 분홍빛 크레톤 사라사로 덮이고 램프 불빛이 희미하게 비치는 그녀의 응접실로 들어가 탁자 옆에 자리를 잡았다. 그녀는 소파에, 표트르 이바노비치는 등받이가 없는 나지막하고 푹신한 의자에 앉았는데 의자의 스프링이 망가지고 앉은 자리 밑이 이상하게 움직이는 바람에 그는 몹시 불편했다. 프라스코비야 표도로브나는 그에게 다른 의자에 앉으라고 미리 말하고 싶었지만, 그런 말이 지금 자기 상황과는 어울리지 않는다고 생각해서 그만두었다. 이 나지막하고 푹신한 의자에 앉으면서 표트르 이바노비치는 이반 일리치가 이 응접실을 꾸미면서 녹색 나뭇잎이 그려진 분홍빛 크레톤 사라사를 쓰면 어떻겠냐고 자신에게 조언을 구하던 일이 떠올랐다. 미망인이 탁자 옆을 지나 소파에 앉으면서(응접실에는 자잘한 물건들과 가구들로 가득차 있었

다) 검은 만틸라의 검은 레이스가 탁자의 조각 장식에 걸리고 말았다. 표트르 이바노비치가 조각 장식에 걸린 레이스를 떼어내려고 엉거주춤 몸을 일으키자 그의 몸무게에서 벗어난 나지막한 의자의 스프링이 요동치면서 그를 밀쳐냈다. 미망인이 직접 레이스를 떼어내는 걸 보고 표트르 이바노비치는 좀전에 요동친 의자의 스프링을 내리누르며 다시 의자에 앉았다. 하지만 미망인이 레이스를 제대로 떼어내지 못하는 것을 보고 표트르 이바노비치는 다시 몸을 일으켰고, 그러자 의자는 다시 요동치기 시작하면서 삐걱거리기까지 했다. 이 모든 소동이 끝나자 그녀는 깨끗하고 하얀 삼베 손수건을 꺼내들고 눈물을 흘리기 시작했다. 표트르 이바노비치는 레이스 때문에 벌어진 소동과 의자와의 실랑이로 기분이 차갑게 식어 잔뜩 얼굴을 찌푸린 채 앉아 있었다. 이 어색한 상태를 깬 것은 이반 일리치의 식사를 담당했던 하인 소콜로프였다. 그는 프라스코비야 표도로브나가 지정했던 공동묘지 자리는 가격이 2백 루블이나 할 거라고 보고했다. 그녀는 울음을 그치고 피해자의 표정으로 표트르 이바노비치를 힐끗 쳐다보고 나서 자기가 몹시 힘들다고 프랑스어로 말했다. 표트르 이바노비치는 그럴 수밖에 없는 그녀의 처지를 십분 이해한다는 듯이 무언의 신호를 보냈다.

"담배라도 피우세요." 그녀는 너그러우면서도 비탄에 잠긴 목소리로 말하고 나서 묏자리 가격에 대해 소콜로프와 의논하기 시작했다. 표트르 이바노비치는 담배를 피우면서 그녀가 땅값에 대해 이것저것 아주 자세히 캐

묻고는 형편에 맞는 묏자리를 정하는 소리를 들었다. 그녀는 묏자리를 결정하고 나서 성가대에 대해서도 지시를 내렸다. 소콜로프가 응접실에서 나갔다.

"모든 일을 직접 하고 있어요." 그녀는 탁자에 놓여 있던 앨범들을 한쪽으로 밀치면서 표트르 이바노비치에게 말했다. 그리고 담뱃재가 탁자 위에 떨어지려는 것을 눈치채고는 재빨리 표트르 이바노비치에게 재떨이를 밀어놓으며 말을 이었다. "슬프다고 해서 제가 실제적인 일을 할 수 없다고 단언하는 것은 위선이라고 생각해요. 오히려 그 반대로 이것이 위안이 될 수는 없지만…… 우울한 마음을 밝게 해줘요. 그이에 대해 신경을 쓰는 일도 마찬가지죠." 그녀는 마치 울기라도 할 것처럼 다시 손수건을 꺼냈다가 돌연 자신을 이겨내려는 듯이 몸을 흔들더니 차분히 말하기 시작했다.

"그런데 선생님께 의논드릴 일이 있어요."

표트르 이바노비치는 엉덩이 밑에서 요동치며 막 튀어오르려는 의자의 스프링을 내리누르면서 고개를 숙여 예를 표했다.

"요 며칠 동안 그이는 끔찍한 고통을 겪었어요."

"고통이 심했나요?" 표트르 이바노비치가 물었다.

"아, 끔찍했어요! 죽기 전 몇 분이 아니라 몇 시간 동안 계속 비명을 질러댔어요. 사흘 밤낮을 내리 거의 숨도 돌리지 않고 비명을 질렀답니다. 견디기 어려운 일이었어요. 제가 어떻게 그걸 견뎌냈는지 모르겠어요. 방문 세개를 넘어서도 그 비명소리가 들렸어요. 아, 그걸 어떻게 견뎌냈는지!"

"정말 의식은 있었나요?" 표트르 이바노비치가 물었다.

"네," 그녀가 속삭이듯이 말했다. "마지막 순간까지. 그이는 숨을 거두기 십오 분 전에 우리와 작별했고, 볼로댜를 데리고 나가라고 부탁까지 했어요."

처음엔 밝은 소년으로, 학생으로, 어른이 되어서는 동료로 아주 가깝게 알고 지냈던 사람이 겪었을 고통에 생각이 미치자, 자기 자신과 이 여인의 위선이 불쾌하게 여겨졌지만 표트르 이바노비치는 돌연 공포를 느꼈다. 다시 고인의 이마와 입술을 내리누를 듯한 코가 눈앞에 떠오르자 그는 무서워졌다.

'사흘 밤낮을 끔찍한 고통에 시달리다 죽었다. 지금 당장, 언제든지 내게도 닥칠 수 있는 일이야.' 이런 생각이 들자 그는 순간 무서워지기 시작했다. 하지만 즉시, 자신도 모르게 그건 이반 일리치에게 일어난 일이지 그 자신에게 일어난 일이 아니며 그에게 그런 일이 일어날 리도 없고 일어날 수도 없다는 평범한 생각이 들자 마음이 안정되었다. 그리고 그 자신이 우울한 기분에 젖어서 그런 것이며 시바르츠의 얼굴에 분명히 쓰여 있듯이 전혀 그럴 필요가 없다고 생각했다. 이렇게 판단을 내리자 마음이 진정된 표트르 이바노비치는, 마치 죽음은 이반 일리치에게만 일어난 사건이지 자신과는 전혀 상관없다는 듯이, 이반 일리치의 죽음에 관심을 보이며 자세히 캐묻기 시작했다.

이반 일리치가 겪은 끔찍한 육체적 고통에 대해 일일이 아주 상세히 이야기하고 나서(표트르 이바노비치가 알게 된 그 고통의 상세한 내용이라는 것은 이반 일리치의 고통이 프라스코비야 표도로브나의 신경을 얼마나 자극했느냐 하는 것이었다), 미망인은 이제 자신의 용건을 꺼낼 필요가 있다고 생각한 듯했다.

"아, 표트르 이바노비치, 정말 힘들어요, 정말 너무나 힘들어요, 정말 너무나 힘들답니다." 그녀가 다시 울음을 터뜨렸다.

표트르 이바노비치는 한숨을 내쉬며 그녀가 코를 풀기를 기다렸다. 그녀가 코를 풀자 그가 말했다.

"정말 그러시겠죠……" 그러자 그녀가 다시 이야기를 시작하면서 정작 그에게 하고 싶었던 주요한 용건을 꺼냈다. 그것은 남편이 사망한 경우 국고에서 어떻게 돈을 받을 수 있는가 하는 문제였다. 그녀는 표트르 이바노비치에게 연금에 대한 조언을 구하는 척했다. 하지만 그는 그녀가 그 자신도 모르는 세세한 부분까지 이미 알고 있다는 것을 알아챘다. 그녀는 남편이 사망한 경우 국고에서 받을 수 있는 것이 무엇인지 다 알고 있었다. 하지만 그녀는 어떻게든지 더 많은 돈을 뜯어낼 수 있는 방법이 있는지 알고 싶어했다. 표트르 이바노비치는 그런 방법이 있는지 생각해내려고 애를 썼지만, 잠시 생각하더니 예의상 우리 정부의 인색함을 탓하고 나서 더이상 방

법이 없는 것 같다고 말했다. 그러자 그녀는 한숨을 푹 내쉬었고, 이제 이 조문객으로부터 벗어날 수 있는 방법을 궁리하는 눈치였다. 그녀의 속내를 알아챈 그는 담뱃불을 끄고 자리에서 일어나 한 손을 꼭 잡아주고는 곁방으로 갔다.

표트르 이바노비치는 이반 일리치가 언젠가 골동품가게에서 샀다며 무척 좋아했던 시계가 걸린 식당에서 사제 한 명과 추도식에 온 몇몇 지인들을 만났고, 그가 알고 있는 아름다운 숙녀인 이반 일리치의 딸을 보았다. 그녀는 온통 검은 상복을 입고 있었다. 가느다란 그녀의 허리가 더욱 가늘어 보였다. 그녀는 음울하고 결연했으며, 거의 화가 난 모습이었다. 그녀는 마치 무슨 잘못을 저지른 사람을 대하듯이 표트르 이바노비치에게 인사했다. 그녀 뒤에는 똑같이 화난 표정을 한 젊은이가 서 있었는데, 표트르 이바노비치가 알고 있는 부유한 예심판사로, 듣기로는 그녀의 약혼자였다. 표트르 이바노비치는 침울한 표정을 지으며 그들에게 인사하고 고인의 빈소가 차려진 방으로 가려고 했는데, 그때 계단 아래에서 이반 일리치를 빼닮은 김나지움 학생인 아들의 모습이 나타났다. 아들은 표트르 이바노비치가 기억하는 법률학교 시절의 어린 이반 일리치의 모습 그대로였다. 울어서 퉁퉁 부은 학생의 두 눈은 순진함을 잃어버린 열서너 살짜리 소년들에게서 흔히 볼 수 있는 그런 눈이었다. 소년은 표트르 이바노비치를 보자 침울한 표정을 짓고 부끄러운 듯 얼굴을 찡그렸다. 표트르 이바노비치는 아이에게 고개를 한 번 끄덕이고 나서 고인의 빈소가 차려진 방으로 들어갔다. 촛불, 비탄에 젖은 신음소리, 향냄새, 눈물, 흐느낌 속에서 추도식이 시작되었다. 표트르 이바노비치는 자기 앞에 서 있는 사람의 발을 바라보며 잔뜩 얼굴을 찌푸린 채 서 있었다. 그는 한 번도 고인의 얼굴을 쳐다보지 않았고, 끝까지 마음을 약하게 만드는 분위기에 휩쓸리지 않았으며, 맨 먼저 자리를 뜨는 사람들 틈에 섞여 그 방에서 나왔다. 곁방에는 아무도 없었다. 식당 일을 돕는 농부 게라심이 고인의 방에서 뛰어나와 억센 손으로 손님들의 외투를 모두 들춰보고는 표트르 이바노비치의 외투를 찾아 건네주었다.

"그래, 게라심, 자네는 어떤가?" 무슨 말이라도 해야 할 것 같아 표트르 이바노비치가 말했다. "마음이 아프지?"

"하느님의 뜻이지요. 모두가 가야 할 길입니다." 게라심은 촘촘하고 농부다운 하얀 이를 드러내며 말했다. 그는 한창 열심히 일하는 사람처럼 활기차게 현관문을 열더니 큰 소리로 마부를 불러 표트르 이바노비치를 마차에 태우고 나서 더 해야 할 일을 생각해낸 사람처럼 도로 현관 계단으로 뛰어올라갔다.

표트르 이바노비치는 향냄새, 시신과 석탄산 냄새를 맡고 나서 마시는 이 신선한 공기가 유난히 상쾌하게 느껴졌다.

"어디로 모실까요?" 마부가 물었다.

"늦지 않았군. 표도르 바실리예비치 집으로 가자."

표트르 이바노비치는 마차를 타고 출발했다. 실제로 그가 도착했을 때 첫 번째 삼판 승부가 끝나가고 있어서 그는 다섯번째 멤버로 편하게 끼어들 수 있었다.

2

이반 일리치의 과거사는 지극히 단순하고 평범했으며 지극히 끔찍했다.

이반 일리치는 항소법원 판사로 재직하다가 마흔다섯 살에 죽었다. 그는 페테르부르크에서 여러 부처와 국을 두루 거치며 출세한 관리의 아들이었다. 그 출세란, 어떤 중요한 직무를 수행할 수 없음이 분명히 밝혀졌는데도 오래 그 일을 해왔고 직급이 높다는 이유로 쫓겨나지 않고 그 자리를 지킬 수 있는 지위까지 오른다는 것을 의미한다. 이런 사람들은 자신들을 위해 꾸며낸 가공의 자리를 꿰차고 앉아 6천 루블에서 만 루블에 이르는 진짜 돈을 받아 늙어 죽을 때까지 잘살기 마련이다.

이반 일리치의 아버지인 3급 문관 일리야 예피모비치 골로빈은 바로 불필요한 여러 기관에서 불필요한 직책을 맡았던 그런 인물이었다.

그에게는 아들이 셋 있었다. 이반 일리치는 둘째였다. 장남은 근무하는 부처만 다를 뿐 아버지와 똑같은 출세의 길을 걸었고, 타성에 빠져 봉급만

받는 근무 연수에 이르고 있었다. 셋째 아들은 실패자였다. 그는 여러 자리를 전전했지만 어디서나 실패했고, 지금은 철도 관련 일을 하고 있었다. 아버지와 형제들, 특히 형수들은 그를 만나고 싶어하지 않았을 뿐만 아니라 꼭 필요한 경우가 아니면 그의 존재를 떠올리지도 않았다. 하나 있는 딸은 그레프 남작에게 시집갔는데, 그도 장인처럼 페테르부르크의 관리였다. 이반 일리치는 이른바 '집안의 자랑'이었다. 그는 형처럼 그리 냉정하거나 치밀하지도 않았고, 동생처럼 분별력이 없지도 않았다. 형과 동생의 중간쯤 되는 그는 똑똑하고 활달하며 유쾌하고 예의바른 사람이었다. 그는 동생과 함께 법률학교에서 교육을 받았다. 동생은 과정을 끝까지 마치지 못하고 5학년 때 퇴학을 당했지만 이반 일리치는 우수하게 과정을 끝마쳤다. 법률학교에서 이미 그의 성품이 나타났는데, 이후 평생 변하지 않았다. 능력 있고, 밝고 선량하며 사교적이면서도 자신의 의무라고 여기는 일들은 정확하게 해냈다. 그는 최고위층 사람들이 의무라고 간주하는 모든 것을 자신의 의무라고 생각했다. 그는 어렸을 때나 그후 어른이 되어서나 아첨과는 거리가 먼 사람이었지만 아주 젊었을 때부터 불빛을 향해 날아드는 하루살이처럼 사교계의 최고위층 사람들에게 이끌렸고, 그들의 태도와 인생관을 터득하면서 그들과 우호적인 관계를 맺어나갔다. 어린 시절과 청년 시절에 마음을 빼앗기며 열중했던 대상들이 있었지만, 그런 것들은 모두 그에게 커다란 흔적을 남기지 않고 그대로 지나갔다. 그는 호색이나 허영심에도 빠져보았고, 졸업할 무렵 고학년 시절에는 자유주의 사상에도 빠져보았지만, 이 모든 것들은 그의 감정이 확실하게 가리켰던 일정한 범위를 벗어나지 않았다.

법률학교 시절에 그는 지금까지 역겹다고 생각했던 행동을 저질렀는데, 그 행동을 하는 순간 스스로에게 혐오감을 느꼈다. 하지만 나중에 고위급 인사들이 그런 행동을 한다는 것을 알고는 그런 행동이 나쁘다고 생각하지 않게 되었다. 그는 그런 행동이 좋은 것이라고 인정하지는 않았지만, 그런 행동을 한 것을 완전히 잊어버렸고 그런 행동에 대한 기억으로 전혀 괴로워하지 않았다.

이반 일리치는 10급 문관으로 법률학교를 졸업한 후 아버지가 제복을 맞추라고 준 돈으로 샤르메르양복점에서 옷을 맞췄고, 'respice finem'*이라는 라틴어 글귀가 새겨진 작은 메달을 시곗줄에 장식용으로 매달았다. 그는 은사인 대공과 작별인사를 하고 고급 레스토랑 도논에서 친구들과 식사를 하고 나서 최고급 가게에 주문해 구입한 최신 유행하는 여행가방, 속옷, 옷, 세면도구와 화장용품, 담요 등등을 챙겨서 아버지가 그를 위해 마련해 둔 현縣지사 특별보좌관으로 부임하러 지방으로 떠났다.

지방에 부임한 이반 일리치는 법률학교에서 그랬듯이 자신을 위해 즉시

---

* 라틴어로 '끝을 바라보라'는 의미. 즉, 자신의 행동이나 의도, 혹은 목표의 결과를 미리 알려고 애쓰라는 뜻이다.

편안하고 기분좋은 상황을 만들어냈다. 그는 근무하면서 경력을 쌓아갔고, 동시에 유쾌하고 품위 있게 즐기기도 했다. 이따금 상부의 위임을 받아 군郡으로 출장을 다녀오기도 했는데, 직위가 높은 사람에게나 낮은 사람에게나 똑같이 예의를 갖춰 행동했다. 그에게 주어진 임무는 주로 분리파 교도에 관한 문제였는데, 그는 정확하고 청렴결백하게 자신의 임무를 수행했고, 이에 대해 더없는 자부심을 느꼈다.

그는 젊은데다 가볍고 즐겁게 노는 것을 좋아하는 성향이었지만 업무를 수행할 때는 극도로 신중하고 관료적이고 엄격하기까지 했다. 하지만 사회생활에서는 자주 장난스럽고 기지가 넘쳤으며 항상 선량하고 예의바르게 행동했다. 그를 한 가족처럼 대했던 현지사와 그의 부인은 그를 봉 앙팡* 이라고 불렀다.

지방에서 지내는 동안 그는 세련된 법조인인 자신을 귀찮게 따라다니는 부인들 중 하나와 관계를 맺기도 했다. 부인모자가게 여주인과도 관계가 있었다. 지방으로 출장 나온 시종무관들과 술자리를 함께하고, 저녁식사 후에 그들을 데리고 멀리 교외로 나가기도 했다. 현지사와 그의 부인에게도 잘 보이려고 애를 썼지만, 그의 이런 모든 행동은 아주 격조 있고 점잖아서 누구도 그를 험담할 수 없었다. 사실 이 모든 행동은 '젊음은 객기를 부

* bon enfant. 프랑스어로 '좋은 애'라는 의미.

x
y
x
y

리는 것'이라는 프랑스 격언에 어울리는 것이었다. 깨끗한 손으로, 깨끗한 셔츠를 입고, 프랑스어로 말하며 그가 벌인 이 모든 행동은 특히 최상류사회에서 늘 있는 일로서 고위급 인사들이 인정하는 것이다.

이렇게 오 년을 지방에서 근무하고 나자 이반 일리치에게 근무지를 옮길 수 있는 기회가 찾아왔다. 새로운 법원들이 생겨났고, 새로운 사람들이 필요했던 것이다.

이반 일리치도 바로 새로운 사람이 되었다.

이반 일리치에게 예심판사직을 맡아달라는 제안이 들어오자, 근무지가 다른 현에 있었고 그동안 맺어놓은 관계를 포기하고 새로운 관계를 맺어야 했지만 그는 이 제안을 받아들였다. 친구들이 송별회를 베풀어주었고 함께 단체 사진을 찍고 은제 담뱃갑을 선물했다. 그는 새로운 근무지로 떠났다.

예심판사로서 이반 일리치는 전임지에서 특별보좌관으로 일할 때와 마찬가지로 예의바르게 행동하고, 직무와 사생활을 구별할 줄 알았기 때문에 모든 사람들의 존경을 받았다. 그에게 예심판사의 직무는 이전의 직무보다 훨씬 더 재미있고 매력적이었다. 샤르메르양복점에서 맞춘 제복을 입고, 긴장한 나머지 떨면서 현지사의 접견을 기다리는 청원자들과 그를 부러워하는 다른 관리들 앞을 자연스러운 걸음걸이로 지나서 곧장 지사의 집무실로 들어가 지사와 함께 담배를 피우고 차를 마시곤 하던 이전 직무도 즐거웠었다. 하지만 그가 직접 마음대로 다룰 수 있는 사람들은 적었다. 상부의 위임을 받아 출장을 가서 만나게 되는 군의 경찰서장들과 분리파 교도들이 그런 사람들이었다. 그는 자기 마음대로 다룰 수 있는 이 사람들을 정중하고 거의 친구처럼 대하기를 좋아했고, 또 그들을 파멸시킬 수 있는 힘을 가진 그가 자신들을 친구처럼 편하게 대한다는 것을 그들이 느끼도록 하는 것을 좋아했다. 그 당시 그런 사람들은 많지 않았다. 하지만 예심판사가 된 지금은 제아무리 높은 사람이든 잘난 체하는 사람이든 예외 없이 모두 이반 일리치의 손안에 있었다. 그가 제목이 적힌 종이 위에 정해진 말 몇 마디만 쓰면, 제아무리 지위가 높고 잘난 체하는 사람도 피고인이나 증인으로 소환해서, 마음만 먹으면 자리에 앉히지도 않고 자신 앞에 세워둔 채 묻는 말에 대답하게 할 수도 있었다. 하지만 이반 일리치는 자신의 권력을 결코 남용하지 않았고, 오히려 그 반대로 권력을 부드럽게 행사하려고 애썼다. 이런 권력의식과 자신이 그 권력을 부드럽게 행사할 수 있다는 것 자체가 이 새로운 직무의 가장 큰 재미이자 매력이었다. 이반 일리치는 직무를 수행할 때, 즉 사건을 심리할 때 직무와 관련 없는 모든 상황에서 벗어나는 방법을 아주 빠르게 습득했고, 아무리 복잡한 사건이라도 사실 자체만을 있는 그대로 서류에 반영하고 자신의 개인적 견해는 철저히 배제하며, 무엇보다 공문의 필요한 형식을 모두 준수하여 완전한 서류 형태로 정리해내는 기법을 아주 빠르게 터득했다. 이것은 새로운 업무 방식이었다. 그는 1864년에 공포된 법령을 최초로 실제에 응용한 사람들 중 하나였다.

예심판사의 자리에 임명되어 새로운 도시로 이사한 이반 일리치는 새로운 사람들을 사귀고 새로운 연줄을 만들어갔으며, 전과는 다르게 처신했고 태도도 약간 달라졌다. 그는 현의 권력층과는 어느 정도 적당한 거리를 유지했고, 법조인들과 도시에 사는 부유한 귀족들과 교제하면서 정부에 대해 가볍게 불만을 토로하고 중도적인 자유주의적 성향과 문명화된 시민의식을 드러내기도 했다. 그러면서도 세련된 옷차림은 그대로 유지한 채, 새로운 직무를 시작한 이반 일리치는 턱수염을 깎지 않고 자라는 대로 그냥 내버려두었다.

이반 일리치의 삶은 새 도시에서도 여전히 아주 유쾌했다. 현지사에게 불만을 표하곤 하는 사교계의 분위기는 우호적이고 좋았다. 봉급도 더 많았고, 이때 시작한 휘스트도 그의 삶에 적잖은 기쁨을 가져다주었는데, 그는 카드놀이를 즐길 줄 아는 재능이 있었고 상황 판단이 빠르고 아주 정확해서 대체로 언제나 승자가 되었다.

새 도시에서 근무한 지 이 년이 지나 이반 일리치는 아내가 될 여자를 만났다. 프라스코비야 표도로브나 미헬은 이반 일리치가 드나들던 사교계에서 가장 매력적이고 똑똑하고 훌륭한 아가씨였다. 예심판사의 업무에서 벗어나 휴식을 취하고 기분을 내듯이 이반 일리치는 프라스코비야 표도로브나와 장난기어린 가벼운 관계를 맺었다.

이반 일리치는 특별보좌관으로 근무할 때 춤을 자주 추었지만 예심판사가 되고 나서는 거의 춤을 추지 않았다. 비록 신설 기관의 5급 관리지만 춤에 관한 한 누구보다 잘 출 수 있다는 것을 증명하고 싶을 때만 춤을 추었다. 그는 이런 의미에서 가끔 저녁파티가 끝나갈 즈음에 프라스코비야 표도로브나와 춤을 추곤 했는데, 주로 이렇게 춤을 추는 동안 그녀의 마음을 사로잡았다. 그녀는 그에게 홀딱 반했다. 이반 일리치는 결혼하고자 하는 분명한 의도는 없었지만 아가씨가 자신에게 반한 것을 보고 이렇게 자문했다. '사실, 결혼 못할 이유가 없잖아?'

프라스코비야 표도로브나는 훌륭한 귀족 가문의 아가씨로 상당한 미인이었고 재산도 좀 있었다. 이반 일리치는 더 훌륭한 배필을 기대할 수 있었지만 그녀도 좋은 배필이었다. 이반 일리치에게는 봉급이 있었고, 그녀도 그만큼의 돈은 있을 것으로 기대되었다. 집안도 훌륭했다. 그녀는 사랑스럽고 예쁘고 아주 정숙한 여자였다. 이반 일리치가 신부가 될 여자를 사랑했고, 그녀에게서 자신의 인생관에 대한 공감을 발견했기 때문에 결혼했다고 말한다면 그건 옳지 않을 것이다. 마찬가지로 사교계 사람들이 잘 어울리는 한 쌍이라고 인정해서 결혼했다고 말하는 것도 옳지 않을 것이다. 이반 일리치가 결혼한 이유는 두 가지였다. 우선 그런 아내를 얻는 것이 유쾌했고, 동시에 최고위층 사람들이 옳다고 생각한 일을 했던 것이다.

그렇게 이반 일리치는 결혼했다.

결혼을 준비하는 과정, 부부가 서로 사랑하고 새 가구와 새 식기, 새 속옷

x
y

과 함께한 신혼 시절은 아내가 임신하기 전까지는 무척 좋았다. 그래서 이반 일리치는 결혼이란, 대체로 그 자신이 삶의 본래 특징이라고 생각한, 편안하고 유쾌하고 즐겁고 항상 품위 있는 삶, 즉 사교계가 인정하는 삶의 방식을 깨뜨리는 것이 아니라 오히려 더 강화시키는 것이라고 생각했다. 하지만 아내가 임신하고 몇 개월도 지나지 않아 전혀 생각지도 못한, 불쾌하고 힘들고 무례하고 새로운 무언가가 나타났다. 그건 전혀 예상하지 못했던 일이고, 도저히 벗어날 수 없는 것이었다.

이반 일리치가 보기에 아내는 아무 이유도 없이, 그가 프랑스어로 혼잣말을 하곤 했듯이 '제멋대로' 삶의 유쾌함과 품위를 깨기 시작했다. 그녀는 아무런 이유도 없이 질투하기 시작했고, 자기에게만 신경을 써달라고 요구했으며, 모든 일에 트집을 잡으면서 불쾌하고 무례한 장면을 연출하곤 했다.

처음에 이반 일리치는 자신을 곤경에서 구해주곤 했던 삶에 대한 아주 가볍고 고상한 태도를 취함으로써 이 불쾌한 상황을 벗어날 수 있기를 기대했다. 그는 아내의 기분을 무시하려고 하면서 계속 이전처럼 편하고 유쾌하게 살았다. 친구들을 집으로 초대해 카드놀이를 했고, 자신이 직접 클럽에 가거나 친구들 집에 가기도 했다. 그러던 어느 날 아내는 거칠게 욕을 퍼부으며 불같이 화를 내기 시작했고, 그날부터 아내는 그가 자신의 요구를 들어주지 않을 때마다 끊임없이 욕설을 해댔는데, 남편이 자신에게 굴복할 때까지, 다시 말해 남편이 자신처럼 집안에 들어앉아 우울해할 때까지 결코 욕설을 중지하지 않겠다고 결심한 것 같았다. 이반 일리치는 두려움에 몸서리쳤다. 그는 부부생활이—적어도 자신의 아내와는—언제나 유쾌하고 품위 있는 삶을 촉진하는 것이 아니라 반대로 자주 그러한 삶을 파괴한다는 것을, 그래서 이 파괴로부터 자신을 지켜야 한다는 것을 깨달았다. 이반 일리치는 자신을 지킬 방법을 찾기 시작했다. 업무는 프라스코비야 표도로브나에게 두려운 마음을 일으키게 하는 유일한 부분이었다. 그리하여 이반 일리치는 자신의 독립된 세계를 지키기 위해 업무와 이와 관련된 온갖 의무를 이용하여 아내와 싸우기 시작했다.

아내는 아이의 출산부터 아이에게 수유하려는 시도와 여러 번의 실패, 그리고 아이와 산모가 실제로 아프거나 아픈 것처럼 보이는 경우에 이르기까지 모든 일에 이반 일리치가 동참할 것을 요구했지만, 그는 이런 일에 어떻게 관여해야 할지 전혀 몰랐다. 그럴수록 가정을 벗어나 자신의 세계를 만들어야 한다는 생각을 더욱 확고히 했다.

아내가 더 신경질을 부리고 더 까탈을 부릴수록 이반 일리치는 삶의 무게 중심을 업무로 옮겨갔다. 그는 전보다 더 일을 사랑했고 공명심도 더 강해졌다.

결혼한 지 채 일 년도 되지 않아 이반 일리치는 부부생활이 삶에 편안함을 가져다주기도 하지만 본질적으로 아주 복잡하고 고통스러운 것임을 아주 빨리 깨달았다. 따라서 자신의 의무를 수행하기 위해서는, 즉 상류사회

가 인정하는 품위 있는 삶을 살기 위해서는 업무에 대한 원칙처럼 부부생활에서도 일정한 원칙을 만들어야 한다는 것을 깨달았다.

그래서 이반 일리치는 부부생활에 대한 자기 나름의 원칙을 만들었다. 그는 가정생활에서 딱 세 가지 편리함만을 요구했다. 그것은 아내가 남편에게 해줄 수 있는 집밥, 집안 살림, 잠자리였다. 특히 세상 사람들이 정해놓은 부부생활의 품위 있는 겉모습을 요구했다. 그 외에 그는 즐겁고 유쾌한 것을 찾았는데, 만약 그런 것을 찾는다면 아주 감사할 따름이었다. 만약 반박과 불평에 부딪힐 경우, 그는 즉시 자신이 만든 독립된 직무의 세계로 도피해 그곳에서 즐거움을 찾곤 했다.

이반 일리치는 우수 근무자로 평가받아 삼 년 뒤 검사보가 되었다. 검사보라는 새로운 직책, 이 직책의 중요성, 누구든 법정에 세우고 감옥으로 보낼 수 있는 힘, 공개적인 논고, 이런 일에서 자신이 거둔 성공—이 모든 것들이 그를 더욱더 일에 빠져들게 했다.

아이들도 계속 태어났다. 아내는 더욱 불평을 하고 더욱 화를 냈지만, 가정생활에 대한 원칙을 세워놓은 이반 일리치는 아내의 불평에 별로 개의치 않았다.

한 도시에서 칠 년을 근무한 이반 일리치는 검사로 승진하여 다른 현으로 옮겨갔다. 그들은 이사를 했는데, 돈은 부족했고 아내는 이사간 곳을 마음에 들어하지 않았다. 봉급은 전보다 더 올랐지만 생활비가 더 많이 들었다. 게

다가 아이 둘이 죽었기 때문에 이반 일리치는 가정생활이 더욱 싫어졌다.

프라스코비야 표도로브나는 새로 이사간 곳에서 생긴 불행을 모두 남편 탓으로 돌렸다. 부부 사이의 대부분의 대화, 특히 아이들의 양육에 관한 대화는 과거의 말다툼을 떠올리게 하는 문제들로 이어지곤 했고, 말다툼은 언제고 격화될 우려가 있었다. 이따금 부부가 서로에게 애정을 느끼는 순간도 있었지만 오래가지 못했다. 그것은 부부가 소원한 상호관계 속에서 드러나는 은밀한 적개심의 바다에 다시 뛰어들기 전에 잠시 기항하는 작은 섬들과 같았다. 만일 이반 일리치가 이 소원한 관계를 절대 있어서는 안 되는 일이라고 생각했다면, 그는 괴로웠을 것이다. 하지만 그는 이런 상태를 정상적인 것일 뿐만 아니라 가정생활의 목표라고 인정하고 있었다. 그의 목표는 이런 불유쾌한 상황에서 더욱더 벗어나고, 이런 상황을 무해하고 고상하게 만드는 것이었다. 그는 가족과 함께 보내는 시간을 더욱더 줄여나가는 방법으로 자신의 목표를 달성해나갔고, 가족과 함께 시간을 보내야 할 경우 다른 사람들을 참석시켜 자신의 입장을 지키려고 노력했다. 요는 이반 일리치에게 일이 있다는 것이었다. 그는 일의 세계에 파묻혀 삶의 모든 재미를 느꼈다. 마침내 이 재미가 그를 삼켜버렸다. 마음만 먹으면 누구든지 파멸시킬 수 있는 권력과 힘이 자신에게 있다는 의식, 비록 외적인 것이지만 법정에 들어서거나 부하 직원들을 만날 때 느껴지는 자신에 대한 예우, 상관들과 부하들 앞에서 거둔 성공, 그리고 무엇보다 스스로 느끼기에도 탁월한 업무수행 능력—이 모든 것들이 그를 기쁘게 했다. 이와 함께 동료들과의 담소, 식사, 휘스트놀이도 그의 삶을 충만케 했다. 그래서 이반 일리치의 삶은 대체로 '인생이란 즐겁고 품위 있어야 한다'는 자신의 생각대로 그렇게 흘러갔다.

그는 이렇게 칠 년을 더 살았다. 큰딸은 벌써 열여섯 살이 되었고, 사내아이가 또 죽었고, 김나지움에 다니는 아들이 하나 남았는데, 늘 가정불화의 원인이었다. 이반 일리치는 아들을 법률학교에 보내고 싶어했지만 프라스코비야 표도로브나는 남편에게 나쁜 마음을 먹고 김나지움에 넣어버렸다. 딸은 집에서 교육을 받으며 잘 자랐고, 아들도 공부를 꽤 잘했다.

3

결혼 후 십칠 년 동안 이반 일리치의 삶은 그렇게 흘러갔다. 벌써 고참 검사가 된 그는 더 좋은 자리를 기대하며 몇 번의 자리 이동을 거절하고 있었다. 그러던 어느 날 그의 평온한 삶을 송두리째 뒤흔든 불쾌하고 황당한 상황이 벌어졌다. 이반 일리치는 대학 도시의 재판장직을 기다리고 있었는데, 어찌된 일인지 고페라는 동료가 그를 제치고 그 자리를 차지했던 것이다. 화가 난 이반 일리치는 이번 인사를 비난하기 시작했고, 고페는 물론 가

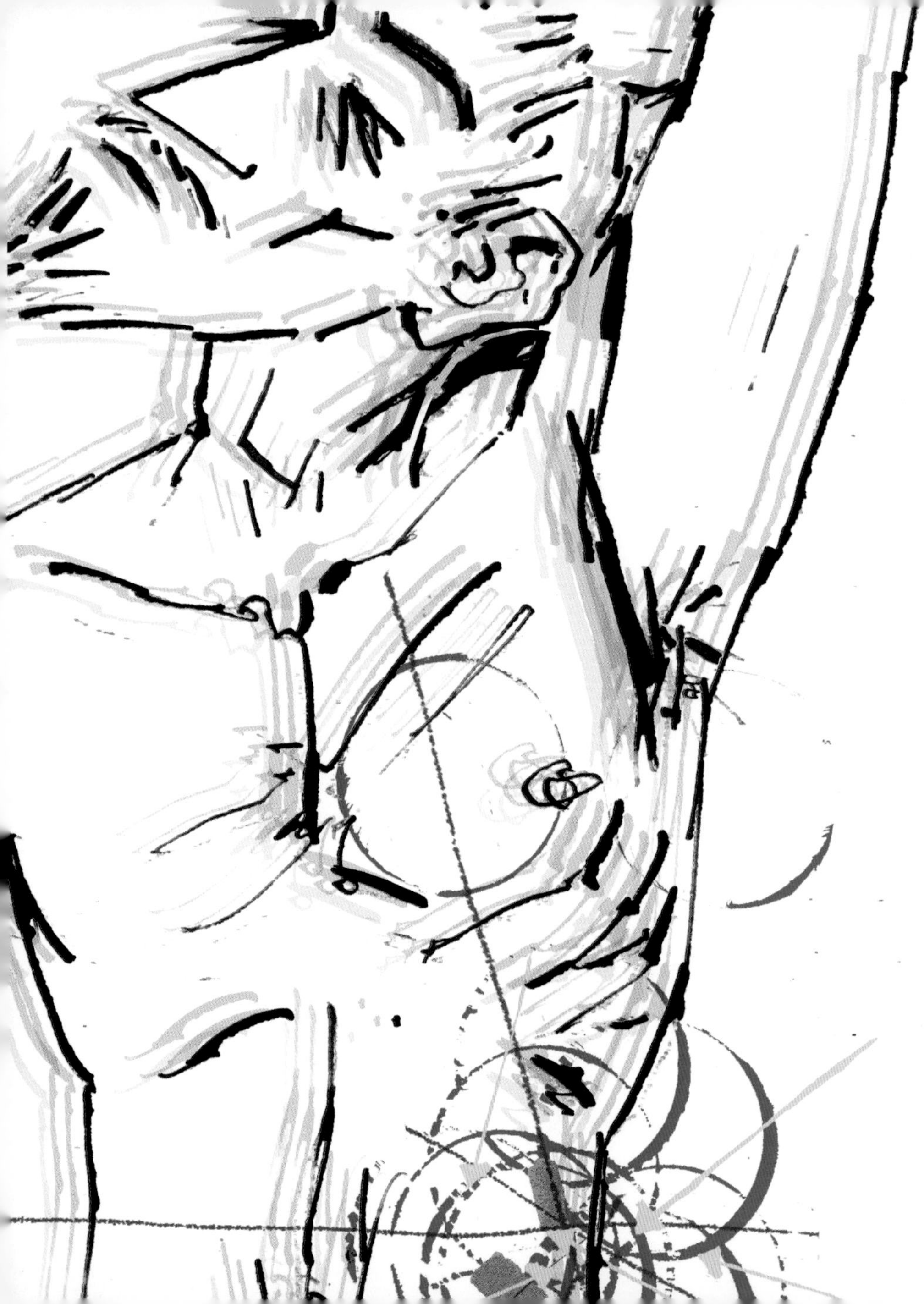

까운 상관과 언쟁을 벌였다. 이 일로 그는 냉대를 받기 시작했고 다음 인사 이동에서도 제외되었다.

그것은 1880년에 일어난 일이었다. 그해는 이반 일리치의 삶에서 가장 힘든 시기였다. 그해 들어 봉급은 생활하기에도 빠듯했고, 그는 모든 사람들에게 잊힌 존재가 되었기 때문이다. 그가 보기에 자신에 대한 대우가 너무나 가혹할 정도로 부당했는데도, 다른 사람들은 아주 평범한 일로 여기고 있었다. 심지어 아버지조차도 그를 도와줄 의무가 없다고 생각했다. 그는 모두가 자기를 버렸다고 느꼈다. 그들은 연봉 3천 5백 루블 정도 받는 그의 처지가 아주 정상이며 심지어 행운이라고 생각했다. 자신에 대한 부당한 처우와 아내의 끊임없는 잔소리, 그리고 수입에 걸맞지 않은 생활을 하면서 얻기 시작한 빚 등을 아는 사람은 그 자신뿐이었다. 그 자신만이 자기 처지가 정상적이지 않다는 것을 알고 있었다.

그해 여름, 그는 생활비를 줄이기 위해 휴가를 얻어 아내와 함께 여름을 보내려고 처남이 살고 있는 시골로 갔다.

일에서 벗어나 시골에서 지내면서 이반 일리치는 난생처음으로 지루하다못해 견딜 수 없는 우수를 느꼈다. 그리하여 이렇게 살 수는 없다고 생각하고 뭔가 단호한 조치를 취하기로 결심했다.

밤새 테라스를 서성이면서 한숨도 못 잔 이반 일리치는 페테르부르크로 가서 새로운 자리를 알아보고, 자신의 가치를 제대로 평가하지 못한 그자들을 응징하기로 결심했다.

다음날 그는 아내와 처남의 만류에도 불구하고 페테르부르크로 출발했다.

여행의 목적은 단 하나, 연봉 5천 루블의 자리를 얻어내는 것이었다. 부처가 어디든, 업무의 성격과 종류가 무엇이든 그런 것은 중요하지 않았다. 단지 5천 루블의 연봉만 보장된다면 관청이든, 은행이든, 철도 관련 기관이든, 마리야 황후 귀족여학교든, 심지어 세관이라고 해도 상관없었고, 자신의 가치를 제대로 알아보지 못하는 부처에서 반드시 떠나야만 했다.

이반 일리치의 이번 여행은 뜻밖에도 놀라운 성공으로 끝났다. 쿠르스크에서 그의 지인인 F. S. 일린이 그가 탄 기차의 일등칸에 올라타 현지사가 방금 전에 받은 전보 내용을 전해주었다. 며칠 안으로 부처 내 인사이동이 있을 예정인데, 표트르 이바노비치의 자리에 이반 세묘노비치가 임명되었다는 것이다.

이번 인사이동은 러시아제국은 물론 이반 일리치에게도 특별한 의미를 가지고 있었다. 새로운 인물인 표트르 페트로비치와 아마도 그의 친구인 자하르 이바노비치의 발탁은 이반 일리치에게 극히 유리할 수 있었다. 자하르 이바노비치는 이반 일리치의 동료이자 친구였던 것이다.

이 소식은 모스크바에서 사실로 확인되었다. 페테르부르크에 도착한 이반 일리치는 자하르 이바노비치를 찾아갔고 자신이 예전에 근무했던 법무

부에 확실한 자리를 마련해주겠다는 약속을 받았다.

일주일 후 그는 아내에게 전보를 쳤다.

'자하르가 밀레르의 자리에 발령받는 즉시 나도 임명받을 예정.'

이반 일리치는 이런 인사이동 덕분에 자신이 근무하던 이전 부처에서 뜻하지 않은 승진을 했다. 그는 자신의 동료들보다 두 단계나 더 높게 승진했고, 5천 루블의 연봉에 3천 5백 루블의 부임 수당을 받게 되었다. 그러자 원수처럼 보였던 사람들과 자기 부처에 대한 모든 분노가 사라졌고, 이반 일리치는 몹시 행복했다.

이반 일리치는 오랜만에 유쾌하고 흡족한 모습으로 시골로 돌아왔다. 프라스코비야 표도로브나도 기뻐했고, 부부 사이에 잠시 화해가 찾아왔다. 이반 일리치는 페테르부르크에서 모두가 자기를 축하해주었다는 이야기, 자신의 적이었던 사람들이 모두 망신을 당하고 자기에게 아첨했다는 이야기, 사람들이 자신의 지위를 부러워한다는 이야기, 특히 페테르부르크에서 모든 사람들이 자신을 아주 좋아했다는 이야기를 늘어놓았다.

프라스코비야 표도로브나는 남편의 이야기에 귀를 기울이며 그 이야기를 믿는 체했고 전혀 반박하지 않았는데, 사실 그녀는 새로 이사갈 도시에서 새로운 생활을 꾸려갈 계획을 짜느라 여념이 없었다. 이반 일리치도 아내의 계획이 자신의 계획이고, 그 계획들이 일치하며, 잠시 휘청거리던 자신의 삶이 다시 진실하고 즐겁고 유쾌하고 품위 있는, 삶의 본래 모습을 찾게 되었다는 사실에 기뻐했다.

이반 일리치는 시골에 오래 머물 수가 없었다. 9월 10일에 직무를 시작해야 했기 때문이다. 게다가 새 거처에 자리를 잡고, 지방에서 모든 물건들을 옮기고, 더 많은 것을 사고 주문할 시간이 필요했던 것이다. 한마디로 집을 장만하고 정리하는 모든 일이 그의 머릿속에 이미 결정되어 있었는데, 그것은 프라스코비야 표도로브나가 마음속으로 생각했던 것과 거의 정확하게 일치했다.

모든 것이 아주 잘 정리되고 아내와도 같은 목적을 갖게 된 지금, 함께 사는 시간이 적다는 것을 제외하면 신혼 초 이후로 그 어느 때보다 아주 화목하고 사이가 좋았다. 이반 일리치는 즉시 가족을 데려갈 생각이었다. 하지만 갑자기 자신과 가족에게 유난히 친절하고 다정하게 구는 처남댁과 처남이 더 있다 가라며 한사코 붙잡는 바람에 혼자 떠나기로 했다.

이반 일리치는 혼자 떠났다. 자신의 성공과 아내와의 화해로 생겨난 즐거운 기분은 서로 상승작용을 일으켜 여행길 내내 그의 마음에서 떠나지 않았다. 그는 아주 멋진 집을 발견했는데, 그 집은 남편과 아내가 꿈꾸던 바로 그런 집이었다. 천장이 높은, 넓고 고풍스러운 응접실과 편리하고 웅장한 서재, 아내와 딸이 사용할 방들, 아들을 위한 공부방 등 모든 것이 그들 가족을 위해 일부러 맞춰놓은 것만 같았다. 이반 일리치는 직접 집안을 꾸미기 시작했고, 벽지를 고르고 가구를 사들였는데, 특히 가구는 낡은 것을 골라 유난히 품위 있어 보이게 했고 천도 새로 씌웠다. 모든 것이 하나씩 둘씩 늘어갈수록 집안은 그가 생각했던 이상적인 모습에 가까워졌다. 집안 정리가 반쯤 되었을 때에도 기대 이상으로 훌륭했다. 그는 모든 것이 정리되고 준비되면 고상하고 우아하며 전혀 속되지 않은 집이 되리라고 생각했다. 잠자리에 들면서 그는 앞으로 완성될 홀의 모습을 상상해보곤 했다. 아직 단장이 덜 끝난 응접실을 바라보면서 각각 제자리에 설치될 벽난로, 차광판, 책장 그리고 여기저기 흩어놓을 조그만 의자들, 벽 곳곳에 걸릴 크고 작은 접시들과 청동조각들을 미리 눈앞에 그려보았다. 자신과 똑같은 취향을 가진 파샤*와 리잔카**가 깜짝 놀랄 것을 생각하자 기분이 좋아졌다. 그들은 결코 이런 것을 기대하지 못할 것이다. 특히 그는 집안의 모든 것에 유난히 고상한 분위기를 더해줄 낡은 물건들을 찾아내어 싸게 구입했다. 그는 가족에게 편지를 쓰면서 가족들을 깜짝 놀라게 해주려고 모든 것을 실제보다 일부러 더 나쁘게 묘사했다. 그는 집안을 꾸미는 일에 너무나 열중해서 자신이 좋아하는 새로운 업무에는 기대했던 것보다 관심을 덜 보였다. 심지어 법정에서도 커튼걸이 받침대를 곧은 것으로 할지 산뜻한 것으로 할지 정신이 딴 데 팔려서 산만해지곤 했다. 또 자신이 직접 가구를 이리저리 옮겨보기도 하고 커튼을 바꿔 달며 자주 수선을 피웠다. 한번은 도무지 말귀

---

* 프라스코비야의 애칭.

** 리자의 애칭.

를 못 알아듣는 도배장이에게 주름장식 천을 어떻게 달아야 할지 직접 보여주려고 사다리에 올라갔다가 그만 발을 헛디뎌 미끄러졌다. 하지만 워낙 튼튼하고 민첩했던 그는 다행히 굴러떨어지지는 않았고 창틀의 손잡이에 옆구리를 부딪히기만 했다. 부딪힌 곳은 조금 아팠지만 통증은 금세 사라졌다. 이반 일리치는 집안을 꾸미는 내내 유난히 즐겁고 기운이 넘쳤다. 그는 십오 년은 더 젊어진 느낌이라고 편지에 썼다. 집 단장은 9월 안에 끝날 거라고 생각했지만 10월 중순까지 계속되었다. 그 대신 집은 더욱 멋지고 훌륭해졌다. 그 혼자만 그렇게 말한 것이 아니라 집을 본 사람은 누구나 그렇게 말했다.

사실 아주 부자는 아니면서 부자와 비슷하게 보이고 싶어하는 사람들에게 공통적으로 나타나는 게 있다. 다마스크 직물, 흑단黑檀, 꽃, 양탄자와 청동조각들, 검고 번쩍이는 물건들—이 모든 것은 어떤 부류의 사람들이 어떤 부류의 사람들과 비슷해지기 위해 사들이는 것들이다. 이반 일리치의 집을 장식한 물건들도 다 그만그만한 것들이어서 남의 관심을 끌 만한 것이 하나도 없었지만, 그에게는 모든 게 뭔가 특별한 것으로 보였다. 그는 기차역으로 가족을 마중 나가 단장을 끝내고 환하게 불을 밝힌 집으로 데려왔다. 하얀 넥타이를 맨 하인이 꽃으로 장식된 현관문을 열어젖히자 가족들은 응접실로 서재로 돌아다니며 기쁨에 겨운 탄성을 질러댔다. 그 모습을 보며 그는 몹시 행복해했고, 가족들에게 집안 곳곳을 보여주었고, 가족들의 칭찬에 흐뭇해하며 환한 표정을 지었다. 그날 저녁 차를 마시면서 프라스코비야 표도로브나는 사다리에서 떨어졌다던데 어떻게 된 일이냐고 물었다. 그는 웃으면서 자신이 얼마나 날렵하게 몸을 날렸고, 도배장이를 얼마나 놀라게 했는지 생생하게 재연해 보이며 말했다.

"내가 괜히 체조선수겠어. 다른 사람이라면 크게 다쳤을 거야. 나니까 여기만 살짝 부딪혔지. 건드리면 아프긴 해. 하지만 이제 거의 다 나았어. 멍만 좀 남아 있어."

그렇게 그들은 새집에서 생활을 시작했다. 새집도 익숙해지면 늘 그렇듯이 방 하나만 더 있으면 좋겠고, 수입이 늘어도 살다보면 늘 그렇듯이 부족하기 마련이어서 조금만, 한 5백 루블만 더 있으면 좋겠다는 생각이 드는 법이지만, 그래도 그들은 아주 잘 살았다. 아직 모든 것이 갖추어지지 않아 때론 뭔가를 더 사들이고, 주문하고, 다시 배치하고, 수리해야 했던 이사 초기의 생활은 특히 좋았다. 부부 사이에 약간 불화가 있었지만, 둘 다 아주 만족한 상태인데다 할일도 아주 많아서 모든 것이 큰 다툼 없이 끝났다. 그러다 집안에 더이상 정돈할 일이 없어지자 좀 따분하고 뭔가 부족한 듯한 느낌이 들기 시작했지만, 그 무렵에는 벌써 사람들도 사귀고 주어진 생활에 익숙해져서 삶은 나름대로 충만했다.

이반 일리치는 오전은 법원에서 보낸 뒤 점심을 먹으러 집으로 오곤 했다. 집 때문에 좀 고생하기는 했지만 처음 한동안 그는 기분이 좋았다. (그는 식탁보나 다마스크 직물에 생긴 얼룩 하나하나에, 커튼걸이의 끊어진 가는 줄에 속을 태웠다. 집안 정돈에 너무나 많은 공을 들였기 때문에 뭐가 하나라도 훼손되면 속이 상했던 것이다.) 하지만 이반 일리치의 삶은, 대체로 삶은 가볍고 유쾌하고 품위 있게 흘러가야 한다는 그의 소신대로 흘러갔다. 그는 아홉시에 일어나 커피를 마시며 신문을 읽고 나서 제복을 입고 법원으로 갔다. 거기에는 이미 그가 해야 할 힘든 일들이 준비되어 있었고, 그는 즉시 그 일에 빠져들었다. 청원자들, 집무실에 쌓인 질의서들, 집무실의 일상 업무, 공판과 공판 준비회의 등등이 그가 해야 할 일이었다. 이런 일을 할 때는 항상 공무의 정상적인 흐름을 깨뜨리기 마련인 날것들, 즉 생활에 관련된 구질구질한 것을 모두 배제할 수 있어야 했다. 그리고 사람들과도 공적인 관계 외에 어떤 관계도 맺지 말아야 하고, 관계를 맺는 동기도 오직 공적인 것이어야 하며, 관계 그 자체도 오직 공적인 것이어야 했다. 예컨대 어떤 사람이 찾아와 뭔가를 알고 싶어할 때, 이반 일리치는 직무를 떠난 일반인으로서는 그 사람과 어떤 관계도 맺을 수 없다. 하지만 이 사람이 제목이 달린 공문서에 이름을 올릴 수 있는 법원 직원으로서 자신과 관계가 있다면, 이반 일리치는 이 관계가 허용하는 범위 안에서 할 수 있는 모든 일을 확실하게 했을 뿐만 아니라 이 사람을 인간적이고 친밀하게, 즉 정중하게 대한다. 하지만 공적인 관계가 끝나면, 그 즉시 다른 모든 관계도 깨끗이 끝난다. 이반 일리치는 공적인 일과 자신의 실제 삶을 혼동하지 않고

구분하는 데 최고의 수완을 발휘했는데, 이는 오랜 경험과 타고난 재능으로 만들어낸 것이었다. 심지어 그는 음악의 거장처럼, 가끔 장난하듯이 인간적인 관계와 공적인 관계를 뒤섞기도 했다. 그가 이렇게 하는 것은 필요하면 언제든지 다시 공적인 관계만을 취하고 인간적인 관계를 버릴 수 있는 힘이 자신에게 있다고 느꼈기 때문이다. 이반 일리치는 이런 일을 아주 쉽고 즐겁고 품위 있게, 심지어 거장처럼 처리했다. 그는 근무중 사이사이에 담배를 피우고 차를 마시며 정치와 일반적인 문제들과 카드놀이에 대해, 무엇보다 인사이동에 대해 잠시 담소를 나누곤 했다. 그리고 몸은 피곤했지만 자신이 맡은 악장을 멋지게 연주한 오케스트라의 제1바이올리니스트처럼 뿌듯한 마음으로 귀가하곤 했다. 집에 돌아오면 아내와 딸은 마차를 타고 어딘가로 외출중이거나 손님을 맞이하고 있었다. 아들은 김나지움에 갔다 와서 과외 선생님들과 수업준비를 하거나 김나지움에서 배운 것을 꼼꼼히 복습하고 있었다. 모든 것이 좋았다. 식사 후 집에 손님이 없으면 이반 일리치는 사람들 입에 많이 오르내리는 책을 가끔 읽었고, 저녁에는 책상에 앉아 일을 했다. 즉, 서류들을 읽고 법조문들을 대조하면서 증거자료들을 비교하고 법을 적용하곤 했다. 그에게 이런 일은 따분하지도 않았고 딱히 즐겁지도 않았다. 카드놀이를 할 수 있을 때 이런 일은 따분했지만, 카드놀이를 할 수 없으면 혼자 집에 있거나 아내와 함께 있는 것보다는 더 좋았다. 이반 일리치는 사교계의 신분이 높은 신사숙녀들을 초대하여 조촐한

만찬을 열고, 자기 집 응접실이 모든 응접실과 다를 바 없듯이 평소 시간을 보내는 방식이 자기와 비슷한 사람들과 함께 시간을 보내는 것이 즐거웠다.

한번은 그의 집에서 야회가 열렸고 사람들이 춤을 추었다. 이반 일리치는 즐거웠고 모든 것이 좋았는데, 다만 손님들에게 내놓을 케이크와 사탕 문제로 아내와 심한 언쟁을 벌였다. 프라스코비야 표도로브나는 나름의 계획이 있었는데, 이반 일리치가 값비싼 제과점에서 모든 걸 사야 한다고 고집을 부리며 케이크를 잔뜩 주문한 바람에 결국 케이크가 남았고, 제과점의 계산서가 45루블이나 되자 심하고 불쾌한 언쟁이 벌어진 것이다. 프라스코비야 표도로브나는 남편을 '멍청이, 불평꾼'이라고 불렀다. 그는 자기 머리를 움켜쥐고 홧김에 뭔가 이혼을 연상시키는 말들을 내뱉었다. 하지만 야회 자체는 즐거웠다. 최고의 사교계 모임이었고, 이반 일리치는 '내 슬픔을 가져가주오'라는 단체를 설립한 것으로 유명한 여자의 언니인 트루포노바 공작부인과 춤까지 췄다. 직무에서 느끼는 기쁨은 자존심을 채워주었고, 사교계 생활에서 느끼는 기쁨은 허영심을 채워주었다. 하지만 이반 일리치가 진정으로 기쁨을 느끼는 것은 카드놀이였다. 그는 모든 것을 마친 후에 누리는 기쁨, 아무리 불쾌한 일을 겪은 후에라도 마치 촛불처럼 다른 모든 것들 앞에서 타오르는 기쁨이 있다면 그건 조용하고 좋은 카드 친구들과 앉아 카드를 치는 것이라고 고백하곤 했다. 그것도 반드시 네 명이(다섯 명이 게임을 할 때 한 판 쉬게 되면 짐짓 좋아하는 체하지만, 그때마다 아주 속이 쓰렸다) 영리하고 진지하게(적어도 카드를 칠 때는) 게임을 하고 나서 저녁을 먹고 포도주를 한잔하는 것은 진짜 즐거운 일이었다. 카드놀이가 끝난 후, 특히 돈을 조금 딴 후(많이 따는 것은 불쾌한 일이었다) 이반 일리치는 최상의 기분으로 잠자리에 들곤 했다.

그들은 그렇게 살아가고 있었다. 그들의 집에서 최고의 사교모임이 열리곤 했고, 지체 높은 사람들과 젊은이들도 드나들었다.

남편과 아내, 딸은 자신의 지인들을 바라보는 시각이 완전히 일치했다. 그들은 서로 합의할 필요도 없이, 벽마다 일본제 접시들이 걸린 응접실에 몰려들어 다정하게 구는 온갖 부류의 친구들과 친척들, 구질구질한 사람들을 죄다 깨끗이 물리치고 멀리했다. 곧 그 구질구질한 친구들은 발길을 끊었고, 골로빈 씨네 집에는 최상류층 사람들만 드나들게 되었다. 젊은이들은 딸 리잔카의 뒤를 따라다녔는데, 그중에는 드미트리 이바노비치의 아들이자 그의 유일한 상속자인 예심판사 페트리셰프도 끼여 있었다. 그래서 이반 일리치는 리자와 페트리셰프를 삼두마차에 태워 놀러 보내야 할지, 아니면 작은 소동을 일으켜 문제삼아야 할지 등에 관해 이미 프라스코비야 표도로브나와 이야기를 나누었다. 그들은 그렇게 살아갔다. 그리고 모든 것이 변함없이 그렇게, 아주 순조롭게 흘러갔다.

4

모두들 건강했다. 이반 일리치가 가끔 입안에 이상한 맛이 돌고 배 왼쪽이 왠지 거북하다고 말했지만, 그렇다고 해서 건강하지 않다고 말할 수는 없었다.

하지만 이 거북함은 더 심해졌고, 아직 통증까지는 아니지만 옆구리가 항상 묵직한 느낌이 들면서 불쾌한 기분으로 바뀌었다. 이 불쾌한 기분은 점점 심해지면서 골로빈 씨네 가족 안에 형성되었던 유쾌하고 산뜻하고 품위 있는 삶의 분위기를 망치기 시작했다. 남편과 아내의 말다툼이 더욱 잦아지면서 곧 삶의 산뜻함과 유쾌함은 사라지고, 간신히 품위만 유지되었다. 다툼 장면이 다시 잦아지기 시작했다. 남편과 아내가 격렬하게 충돌하지 않고 만날 수 있는 작은 섬들만 다시 남았지만, 그 섬들의 수는 적었다.

프라스코비야 표도로브나가 남편이 까다로운 성격이라고 대놓고 말해도 이제 전혀 근거 없는 말이 아니었다. 그녀는 평소 과장해서 말하는 습관대로, 자기 성격이 너무나 좋아서 언제나 끔찍한 남편의 성격을 이십 년 동안 참아낼 수 있었다고 말하곤 했다. 요즘의 말싸움은 그로부터 비롯된 것이 사실이었다. 그의 생트집은 늘 식사 직전에, 다시 말해 종종 수프를 먹기 시작할 때 시작되었다. 그릇의 이가 빠졌다, 음식 맛이 영 아니다, 아들이 팔꿈치를 식탁에 괴었다, 딸의 머리 모양이 이상하다고 하면서 트집을 잡았다. 그는 모든 것을 프라스코비야 표도로브나의 탓으로 돌렸다. 처음에는 프라스코비야 표도로브나도 남편의 말을 반박하고 험한 말을 했지만, 남편이 식사를 시작하면서 두어 번 미친듯이 화를 내는 것을 보고는 남편의 그런 행동이 음식을 섭취할 때 일어나는 병적 상태라는 것을 깨닫고 화를 풀기로 했다. 그래서 그녀는 남편에게 반박하지 않고 오로지 서둘러 식사를 마치려 했다. 프라스코비야 표도로브나는 자신의 온순함을 위대한 공로라고 생각했다. 남편의 끔찍한 성격 때문에 자신의 인생이 불행해졌다고 결론을 내린 그녀는 자신이 불쌍해지기 시작했다. 자신을 불쌍히 여기면 여길수록 그녀는 남편이 더 미워졌다. 남편이 차라리 죽었으면 하고 바라기도 했지만 그렇게 되길 바랄 수도 없었다. 남편이 죽으면 남편의 봉급도 없을 것이기 때문이었다. 이런 생각을 하니 남편에 대해 더욱더 화가 치밀었다. 그녀는 남편의 죽음조차 자신을 구원할 수 없다는 사실 때문에 자신이 너무나 불행하다고 느꼈다. 그녀는 분노했지만 내색하지 않았다. 그런데 분노를 내색하지 않는 아내의 모습은 그의 분노를 더욱 격화시켰다.

이반 일리치가 유난히 억지를 부려서 한바탕 말싸움을 벌인 어느 날, 그는 자신이 화난 이유를 설명하면서 자기가 곧잘 흥분하는 것 같지만 사실은 병 때문이라고 아내에게 말했고, 아내는 만약 병에 걸렸으면 치료를 받아야 한다면서 유명한 의사에게 가보라고 요구했다.

그는 의사에게 갔다. 모든 것이 그가 예상한 대로였다. 즉, 항상 그렇듯이 모든 것이 뻔했다. 차례 기다리기, 의사의 근엄하고 낯익은 가식적인 표정, 즉 법정에서 그 자신이 지었던 바로 그런 표정, 이곳저곳 두드려보기, 청진, 미리 정해진 대답이나 아마도 불필요한 대답을 요구하는 질문들, 그리고 '당신을 그저 우리에게 맡기십시오, 우리가 다 처치할 겁니다. 우리는 모든 것을 어떻게 처치해야 하는지 분명히 알고 있고, 원하는 모든 사람들에게 똑같은 방법으로 모든 것을 처치할 겁니다'라고 말하는 듯한 의사의 의미심장한 모습 등 모든 것이 그랬다. 모든 것이 법정에서와 똑같았다. 그가 법정에서 피고들을 가식적으로 대하듯이 유명한 의사도 똑같이 그를 가식적으로 대했다.

의사가 말했다. 이러저러한 증상은 당신 몸속에 이러저러한 병이 있다는 것을 가리킵니다. 하지만 이것이 이러저러한 검사를 해도 확실히 밝혀지지 않으면, 당신에게 이러저러한 병이 있다고 가정할 수 있습니다. 만약 이러저러한 병이라고 가정한다면, 그때는…… 이반 일리치에게 중요한 것은 딱 한 가지 질문이었다. 자신의 상태가 위험한가 아닌가? 하지만 의사는 그런 부적절한 질문을 무시해버렸다. 의사의 관점에서 보면 그런 질문은 한가하고 논의할 가치도 없는 것이었다. 의사에게 중요한 것은 오직 유주신遊走腎* 인지, 만성 카타르인지, 맹장염인지 그 가능성을 가늠해보는 것뿐이었다.

---

* '콩팥 처짐증'의 전 용어.

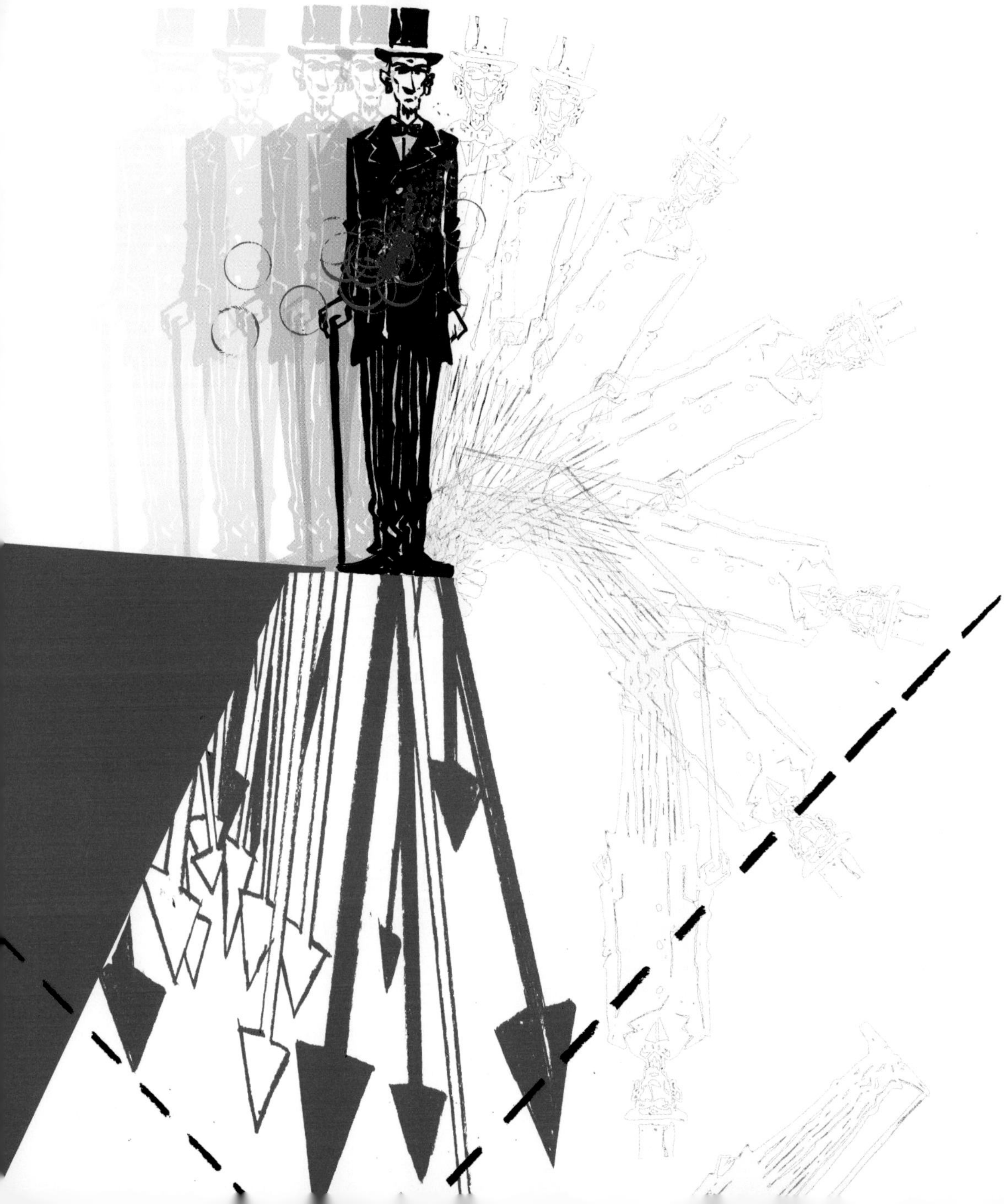

의사는 이반 일리치의 생명에 대한 질문에는 관심이 없고, 유주신과 맹장염 사이에서 갈팡질팡하고 있었다. 마침내 의사는 이반 일리치가 보는 앞에서 맹장염 쪽으로 진단을 내려 자신의 고민을 아주 멋지게 해결했다. 단, 소변검사를 해보고 새로운 증거들이 나오면 재검사를 해야 한다는 단서를 달았다. 이 모든 것들은 이반 일리치가 피고들을 대하면서 멋지게 수천 번도 더 써먹었던 방법과 똑같았다. 의사는 안경 너머로 자신의 피고를 힐끗 쳐다본 후 엄숙하게, 심지어 명랑한 표정까지 지어가며 자신의 소견을 멋지게 요약했다. 의사의 간략한 소견을 바탕으로 이반 일리치는 자신의 상태가 나쁘며, 자신의 상태가 나쁘다고 해도 의사나 다른 모든 사람들은 별로 신경을 쓰지 않을 거라는 결론을 내렸다. 이런 결론에 심한 충격을 받은 이반 일리치는 자신에게 깊은 연민을 느꼈고, 그토록 중요한 질문에 대해 무관심한 태도를 보인 의사에게 커다란 증오심이 생겼다.

그러나 그는 아무 말도 하지 않고 일어나 탁자에 돈을 놓고 한숨을 내쉬고는 이렇게 말했다.

"아마 우리 같은 환자들이 자주 부적절한 질문을 하곤 하지요. 그러니까 대체로 이 병이 위험한가요, 아닌가요?……"

의사는 안경 너머 한쪽 눈으로 그를 엄하게 힐끗 쳐다보았다. 그 표정은 마치 '피고, 만약 당신이 허용된 범위를 벗어난 질문을 한다면, 나는 당신을 법정에서 끌어내라고 지시할 수밖에 없소'라고 말하는 것 같았다.

"필요하고 적당하다고 생각되는 것은 이미 다 말씀드렸습니다. 더 정확한 것은 검사 결과가 나와야 알 수 있습니다." 의사는 이렇게 말하고 가볍게 고개를 숙여 인사했다.

이반 일리치는 천천히 병원을 나와 힘없이 썰매마차를 타고 집으로 향했다. 돌아오는 길 내내 그는 의사가 한 말을 줄곧 하나하나 떠올리며 복잡하고 모호한 전문용어들을 평범한 말로 바꿔서 이해해보려고 애썼다. 그리고 의사의 말 속에서 '내 상태가 나쁘다는 건데, 아주 나쁘다는 건가, 아직은 괜찮다는 건가?'라는 질문에 대한 답을 찾아내려고 안간힘을 썼다. 결국 의사가 한 말은 모두 '상태가 아주 나쁘다'는 의미로 여겨졌다. 그러자 이반 일리치에게 거리의 모든 것들이 애처롭게 보였다. 마부들도 애처롭고, 집들도 애처롭고, 행인들도 애처롭고, 간이 상점들도 애처로웠다. 한순간도 쉬지 않고 고통스럽게 찾아오는 이 막연한 통증은 의사의 모호한 말과 연관되어 예전과는 달리 더 심각한 의미로 다가왔다. 이반 일리치는 새삼 무거운 마음으로 이제 통증에 바짝 신경을 쓰게 되었다.

그는 집에 도착해서 아내에게 의사를 찾아갔던 일을 이야기하기 시작했다. 아내는 귀를 기울여 열심히 들었지만 이야기 중간에 딸이 모자를 쓰고 들어왔다. 어머니와 함께 외출하려던 참이었다. 딸은 마지못해 자리에 앉아 따분한 이야기를 들었지만 오래 견디지 못했고, 아내도 이야기를 끝까지 듣지 않았다.

"그래요, 무척 기뻐요." 아내가 말했다. "이제부터 신경써서 약을 꼬박꼬박 드세요. 처방전 이리 줘요. 게라심을 약국에 보내야겠어요." 그리고 그녀는 옷을 갈아입으러 방에서 나갔다.

그는 아내가 방안에 있는 동안 숨도 제대로 못 쉬다가 아내가 방에서 나가자 깊게 한숨을 내쉬었다.

"그래, 뭐." 그가 말했다. "아마 아직은 정말 괜찮은지도 몰라……"

그는 약을 복용하면서 의사의 지시 사항을 따르기 시작했는데, 지시 사항은 소변검사 결과에 따라 바뀌었다. 그러나 바로 그 시점에서 소변검사 결과와 그 결과에 당연히 뒤따라야 할 증상 사이에 어떤 혼란스러운 현상이 나타났다. 의사의 말을 도무지 이해할 수 없었지만 의사가 말한 증상은 나타나지 않았다. 의사가 뭔가 잊어버렸거나 거짓말을 했거나 그에게 뭔가 숨기는 것 같았다.

그러나 그럼에도 불구하고 이반 일리치는 의사의 지시 사항을 정확히 따랐고, 그렇게 하면서 처음 한동안은 스스로 위안을 얻었다.

의사를 방문한 이후, 위생과 약 복용에 대한 의사의 지시 사항을 정확히 따르는 한편, 자신의 통증과 신체 기관의 모든 작용과 기능에 세심한 주의를 기울이며 관찰하는 것이 이반 일리치의 주요 일과가 되었다. 그리고 인간의 병과 건강이 이반 일리치의 주요 관심사가 되었다. 그 앞에서 병든 사람들, 죽은 사람들, 병에 걸렸다가 회복된 사람들, 특히 자신의 병과 비슷한 병에 대한 이야기가 나오면, 그는 애써 흥분을 감추며 경청했고 꼬치꼬치 캐물으며 자신의 병에 적용하려고 했다.

통증은 줄어들지 않았다. 그러나 이반 일리치는 몸이 훨씬 좋아지고 있다고 스스로 생각하기 위해 자신을 억제했다. 마음이 평온할 때면 그는 자신을 속일 수가 있었다. 그러나 아내와 불쾌한 일이 벌어지거나 직장에서 일이 잘 안 풀리거나 카드놀이에서 운이 나쁠 때면, 그는 즉시 자신이 걸린 병의 위력을 실감했다. 예전엔 나쁜 상황을 금세 좋은 방향으로 고쳐나가고, 나쁜 상황과 싸워나가면서 승리를, 그것도 대승을 거둘 것을 기대하면서 이런 불운을 견뎌내곤 했었다. 그런데 지금은 어떤 불행이나 불운 앞에서도 쉽게 좌절하고 절망에 빠졌다. 그는 이렇게 혼잣말을 하곤 했다. 이제 막 몸도 좋아지고 약효도 나타나기 시작했는데, 이 망할 놈의 불행과 불쾌한 일은 왜 생기는 거야…… 그는 자신의 불행에 울화통을 터뜨렸고, 자신에게 불쾌하게 굴며 자신을 파멸로 몰아가는 사람들에게 분노했으며, 이 분노가 자신을 망친다는 것을 느꼈지만, 끓어오르는 분노를 억제할 수 없었다. 그는 주변 상황과 사람들에 대한 분노가 자신의 병을 악화시키기 때문에 불쾌한 일들에 신경을 쓰지 말아야 한다는 것을 분명히 알고 있었을 것이다. 그러나 그는 정반대로 생각했다. 그는 자신에게 안정이 필요하다고 말하면서 안정을 깨뜨리는 모든 것을 면밀히 지켜보았고, 조금이라도 안정이 깨지면 불같이 화를 내곤 했다. 의학 서적들을 읽고 여러 의사들에게 조

언을 구한 것도 그의 상태를 악화시켰다. 병세는 아주 일정하게 악화되었기 때문에 그는 매일매일 증상을 비교하면서 쉽게 자신을 속일 수 있었는데, 증상은 별로 차이가 없었다. 그러나 의사들과 상담할 때면 상태가 악화되고 있으며, 그것도 매우 빠르게 악화되고 있다는 느낌이 들었다. 그럼에도 불구하고 그는 끊임없이 의사들과 상담했다.

이번달에 그는 다른 명의를 찾아갔다. 이번 명의는 첫번째 명의와 거의 똑같은 말을 했지만 문제를 다르게 제기했다. 하지만 이 명의와의 상담은 이반 일리치의 의심과 공포심을 더 깊게 만들었다. 그의 친구의 친구는—아주 훌륭한 의사다—전혀 다르게 병을 진단하면서 완치를 약속했지만, 이런저런 질문과 추정으로 이반 일리치를 더욱더 헷갈리게 했고 의혹만 더 키웠다. 동종요법 전문가는 병을 또 다르게 진단하고 약을 처방해주었는데, 이반 일리치는 아무도 모르게 일주일쯤 그 약을 복용했다. 하지만 일주일이 지나도 상태가 호전되지 않자 이전 치료에 대해서도 이번 치료에 대해서도 믿음을 잃어버리고 더욱더 침울해졌다. 한번은 잘 아는 부인이 이콘을 이용한 치료에 대해 이야기했다. 이반 일리치는 부인의 이야기에 열심히 귀를 기울이면서 그 방법의 효과를 체크하고 있는 자신을 발견했다. 그는 경악을 금치 못했다. '내가 이토록 정신적으로 약해졌단 말인가?' 그는 혼잣말을 했다. '헛소리야! 모든 게 엉터리야. 의심에 빠져서는 안 돼. 의사 하나를 선택해서 그의 치료법을 엄격하게 지켜야 해. 나는 그렇게 할 거야. 이제 됐어. 더이상 생각하지 않고 여름까지 한 가지 치료법을 엄격하게 지켜야지. 그럼 효과가 나타날 거야. 이제 더이상 흔들리지 않겠어!……' 말하기는 쉬웠지만 실행하기는 불가능했다. 옆구리 통증은 계속 그를 괴롭히며 더욱 심해지는 것 같았고, 잠시도 멈추지 않았으며, 입안에서 느껴지는 맛은 점점 더 이상해졌고, 입에서 뭔가 역한 냄새가 나는 것 같아 식욕도 떨어지고 기력도 계속 약해졌다. 더이상 자신을 속일 수가 없었다. 뭔가 끔찍하고 새로운 것이, 이반 일리치의 삶에서 이제까지 일어나지 않았던, 그 어느 때보다 중대한 것이 몸안에서 일어나고 있었다. 그 혼자만 이것을 알고 있었고, 주변 사람들은 모두 그것을 알지 못하거나 알려고 하지 않았고, 세상의 모든 것이 예전대로 흘러간다고 생각했다. 이 점이 무엇보다 이반 일리치를 괴롭혔다. 집안 식구들, 특히 사교계에서 한창 잘나가던 아내와 딸은 아무것도 이해하지 못했고, 그가 너무 우울해하고 까다롭게 구는 것이 마치 그 자신의 잘못인 것처럼 화를 내는 것이었다. 그들은 그런 눈치를 감추려고 애를 썼지만, 그는 자신이 그들에게 걸림돌이라는 것, 그리고 아내는 그의 병에 대한 일정한 입장을 정해놓고 그가 무슨 말을 하고 무슨 짓을 하든 개의치 않고 자신의 입장을 견지하고 있다는 것을 알았다. 아내의 입장은 이런 식이었다.

"아시다시피," 그녀는 지인들에게 이렇게 말하곤 했다. "착한 사람들이 다 그렇듯이 이반 일리치는 처방받은 치료법을 엄격하게 지키질 못해요.

오늘은 의사의 지시대로 약물을 복용하고, 식사도 하고, 제시간에 잠자리에 들지요. 다음날 내가 한눈이라도 팔면 돌연 약 먹는 걸 잊어버리고 (의사들이 먹지 말라고 한) 철갑상어 고기까지 먹어요. 그리고 새벽 한시까지 카드놀이를 하곤 해요."

"뭐, 내가 언제 그랬어?" 이반 일리치가 화를 내며 말했다. "딱 한 번 표트르 이바노비치 집에서 그랬지."

"어제도 셰베크와 카드를 쳤잖아요."

"어차피 아파서 잠을 잘 수 없었어……"

"이유야 어쨌든 당신이 계속 그렇게 나가면 절대로 병이 나을 수 없고, 우리를 괴롭히는 거예요."

프라스코비야 표도로브나가 다른 사람들과 남편에게 드러내놓고 밝힌 남편의 병에 대한 그녀의 입장은, 이 병의 책임은 이반 일리치에게 있고, 이 병으로 아내인 자신을 또다시 불행하게 만들고 있다는 것이었다. 이반 일리치는 아내가 무의식적으로 그런 태도를 드러낸다고 느꼈지만, 그렇다고 그의 마음이 편하지는 않았다.

법정에서도 이반 일리치는 자신을 대하는 사람들의 태도가 이상하다는 것을 알아챘다. 아니, 알아챘다고 생각했다. 때론 사람들이 곧 자리를 물러날 사람을 보듯이 자신을 살펴보는 것 같았고, 때론 갑자기 친구들이 자신의 건강 염려증에 대해 다정하게 놀려대는 것 같았으며, 끔찍하고 무시무시한 듣도 보도 못한 무언가가 그의 몸안에 생겨서 끊임없이 고통을 주고 꼼짝없이 그를 옭아매 어딘가로 끌고 가는 것이 그들에게는 마치 아주 유쾌한 농담거리라도 되는 것 같았다. 특히 시바르츠의 장난스럽고 활동적이며 품위 있는 모습을 보면 이반 일리치는 십 년 전 자신의 모습이 떠올라 화가 났다.

친구들이 카드를 치려고 이반 일리치를 찾아와 자리에 앉았다. 패를 돌리자 각자 새 카드를 주물러 부드럽게 했고, 다이아몬드는 다이아몬드끼리 모으자 모두 일곱 장이었다. 같은 편 파트너가 으뜸패가 없다고 말하며 다이아몬드 두 장을 지원했다. 더 바랄 게 없었다. 즐겁고 활력이 넘쳤다. 이건 대승이 틀림없었다. 그런데 돌연 이반 일리치는 고통스러운 통증과 함께 입안에서 이상한 맛을 느꼈다. 그러자 이런 상황에서 대승을 기뻐할 수 있다는 것이 왠지 기이하게 여겨졌다.

그는 같은 편인 미하일 미하일로비치를 바라보았다. 그는 혈기왕성한 손으로 탁자를 두드리며 정중하고 공손하게 확실히 점수가 되는 패를 내놓고, 그 패를 이반 일리치에게 밀어주었다. 이반 일리치가 멀리까지 손을 뻗는 수고를 하지 않고도 패를 편하게 집을 수 있도록 배려한 행동이었다. '뭐야, 저 친구, 내가 너무 쇠약해져서 손도 멀리 뻗을 수 없다고 생각하는 거야?' 이반 일리치는 이렇게 생각하다가 그만 으뜸패를 잊어버리고 자기편의 으뜸패를 하나 더 내놓는 바람에 세 패가 부족해 대승을 놓쳐버렸다. 그러나 무엇보다 끔찍한 것은 미하일 미하일로비치가 괴로워하는 모습을 보면서도 그 자신은 아무렇지도 않았다는 점이다. 아무렇지도 않은 이유를 생각하자 끔찍했다.

모두들 그가 힘들어하는 걸 보고 그에게 말했다. "피곤하면 그만하지요. 좀 쉬세요." 쉬라고? 아니, 그는 조금도 피곤하지 않았다. 그들은 삼판 승부를 끝까지 겨루었다. 모두들 침울하고 말이 없었다. 이반 일리치는 우울한 분위기가 자신 탓이라고 느꼈지만 그 분위기를 바꿀 수가 없었다. 그들은 밤참을 먹고 뿔뿔이 흩어졌다. 혼자 남은 이반 일리치는 중독된 자신의 삶이 다른 사람들의 삶을 망치고 있고, 이 독이 약해지기는커녕 더욱더 자신의 온 존재 안으로 스며들고 있음을 인식했다.

이러한 인식에 육체적인 고통과 공포심까지 더해진 상태로 그는 잠자리에 들어야 했고, 종종 통증 때문에 거의 뜬눈으로 밤을 지새우곤 했다. 그러나 아침이 되면 다시 일어나서 옷을 입고 법정에 출근해서 말을 하고 서류를 작성해야만 했으며, 출근을 하지 않으면 스물네 시간을 매 순간 고통을 느끼며 집에 있어야만 했다. 그렇게 그는 파멸의 끝자락에서 자신을 이해하고 애석하게 여기는 사람 하나 없이 홀로 외롭게 살아야만 했다.

5

그렇게 한 달이 가고 두 달이 갔다. 새해를 앞두고 처남이 그들이 사는 도시로 와서 그들의 집에 머물렀다. 이반 일리치는 법정에 가 있었다. 프라스코비야 표도로브나는 장을 보러 외출중이었다. 이반 일리치가 귀가하여 서재로 들어가보니 건강하고 혈기왕성한 처남이 여행가방을 풀고 있었다. 이반 일리치의 발소리를 듣고 고개를 들어 그를 바라본 처남은 순간 아무 말도 하지 못했다. 그 눈길은 이반 일리치에게 모든 것을 말해주었다. 처남은 입을 열고 '앗' 하고 비명을 지를 뻔했다. 그 동작이 모든 것을 확실히 말해주었다.

"그래, 내가 너무 변했나?"

"예…… 변하셨어요."

이반 일리치가 자신의 외모에 대해 대화를 이어가려고 했지만 처남은 입을 다물어버렸다. 프라스코비야 표도로브나가 돌아오자 처남은 누나를 보러 갔다. 이반 일리치는 문을 걸어 잠그고 거울을 정면으로, 옆으로 들여다보기 시작했다. 그는 아내와 함께 있는 자신의 초상화를 가져와 거울 속 자신의 모습과 비교해보았다. 변화는 엄청났다. 그러고 나서 팔꿈치까지 소매를 걷어올리고 팔을 살펴보더니 다시 소매를 내리고 소파에 앉았다. 낮빛이 캄캄한 밤보다 더 어두웠다.

'안 돼, 이러면 안 돼.' 그는 혼잣말을 하고 벌떡 일어나 책상 앞으로 가서 서류를 펼치고 읽으려 했지만 읽을 수가 없었다. 그는 문을 열고 홀로 향했다. 응접실 문은 닫혀 있었다. 그는 까치발로 살금살금 응접실로 다가가 아내와 처남의 대화를 엿듣기 시작했다.

"아니야, 너는 과장하고 있어." 프라스코비야 표도로브나가 말했다.

"내가 과장한다고? 누나는 안 보여? 매형은 죽은 사람 같아. 매형 눈을 좀 보라고. 죽은 사람 눈이잖아. 대체 무슨 병이야?"

"아무도 몰라. 니콜라예프(이 사람은 다른 의사였다)가 뭐라고 말했는데 난 모르겠어. 레셰티츠키(이 사람은 명의였다)는 반대로 말했고……"

이반 일리치는 자기 방으로 돌아와서 자리에 누워 생각하기 시작했다. '그래, 신장이 문제야, 유주신이야.' 그는 신장이 제자리를 이탈하여 여기저기 돌아다니고 있다는 의사들의 말을 하나하나 떠올렸다. 그리고 상상력을 동원하여 신장을 붙잡아 멈춰 세우고 단단히 고정시키려 애썼다. 조금만 노력하면 그렇게 할 수 있을 것 같았다. '그래, 표트르 이바노비치에게 한번 더 가보자.' (표트르 이바노비치에게는 의사 친구가 한 명 있었다.) 그는 벨을 울려 마차를 준비하라고 이른 다음 외출할 채비를 했다.

"어디 가게요, 장*?" 아내가 유난히 슬프고 평소와 달리 친근한 표정을

---

* 이반의 프랑스식 이름.

지으며 물었다.

평소와 다른 친근한 표정에 오히려 화가 났다. 그는 우울하게 아내를 바라보았다.

"표트르 이바노비치에게 가봐야겠어."

그는 의사 친구가 있는 친구에게 갔다. 그리고 친구와 함께 의사에게 갔다. 그는 의사를 만나 오랫동안 이야기를 나누었다.

의사의 소견을 들으며 자기 몸속에 일어나고 있는 증상을 해부학적으로, 생리학적으로 자세히 살펴본 이반 일리치는 모든 것을 이해했다.

맹장 안에 작은, 아주 작은 뭔가가 하나 있었다. 이 모든 것은 고칠 수 있었다. 신체 기관 중 한 기관의 에너지를 강화시키고 다른 기관의 활동을 약화시키면 흡수작용이 일어나고 모든 것이 좋아질 것이다. 그는 식사 시간에 좀 늦었다. 식사를 하고 즐겁게 이야기를 나누었지만, 얼른 자리에서 일어나 일을 보러 서재로 갈 수 없었다. 마침내 그는 서재로 가서 즉시 일에 착수했다. 사건 기록을 읽으며 일을 보았지만, 이 일이 끝나는 대로 더이상 방치하지 말고 처리해야 할 일, 잠시 뒤로 미뤄둔 아주 중요한 일이 있다는 생각이 그의 머릿속에 맴돌았다. 하던 일을 끝냈을 때, 그는 그 중요한 일이 바로 맹장에 관한 생각이었다는 걸 기억해냈다. 그러나 그는 그 일에 열중하지 못하고 차를 마시러 응접실로 갔다. 손님들이 와 있었는데, 그들은 이야기를 나누고 피아노를 치며 노래를 불렀다. 손님들 중에는 딸의 남편이 되었으면 하는 예심판사도 있었다. 프라스코비야 표도로브나가 보기에 이반 일리치는 누구보다도 즐겁게 저녁을 보냈지만, 그는 뒤로 미뤄둔 중요한 일, 즉 맹장에 관해 생각하는 일이 있다는 것을 한순간도 잊지 않고 있었다. 밤 열한시에 그는 손님들과 작별인사를 나누고 자기 방으로 갔다. 그는 병이 나고부터 서재 옆의 작은 방에서 혼자 잤다. 그는 방으로 가서 옷을 벗고 졸라의 소설을 집어들었지만 읽지는 않고 생각에 잠겼다. 그의 상상 속에서 바라던 대로 맹장이 치료되는 일이 일어났다. 흡수작용과 제거작용이 일어나고 정상적인 기능이 회복되었다. '그래, 이거야.' 그는 혼잣말을 했다. '내가 할 수 있는 일은 자연치유력이 일어나게 하는 것뿐이야.' 그는 약을 떠올리고 나서 몸을 조금 일으켜 약을 먹고 다시 반듯하게 자리에 누워 어떻게 약이 유익하게 작용하여 통증을 없애는지 유심히 지켜보았다. '그저 규칙적으로 약을 먹고 몸에 해로운 영향을 피해야 해. 벌써 몸이 좀더 좋아진 느낌이야, 훨씬 더 좋아졌어.' 그는 옆구리를 만져보기 시작했다. 만져도 아프지 않았다. '정말 통증의 느낌이 없어, 훨씬 더 좋아졌어.' 그는 촛불을 끄고 옆으로 누웠다…… 맹장도 좋아지고 흡수작용이 일어나고 있었다. 그 순간 그는 돌연 익숙하고 오래된, 둔중하고 찌르는 듯한 통증, 집요하고 은근하고 심각한 그 통증을 느꼈다. 입안에서도 전과 똑같은 그 익숙하고 역겨운 맛이 돌았다. 심장이 아프기 시작하고 머리가 몽롱해졌다. '오, 맙소사, 맙소사!' 그가 말했다. '다시, 다시 시작되었어, 절대 멈추지 않을 거야.' 갑자기 문제가 전혀 다른 관점에서 보이기 시작했다. '맹장! 신장!' 그는 혼잣말을 했다. '문제는 맹장도 신장도 아니야. 이건 사느냐…… 죽느냐의 문제야. 그래, 내가 살아 있었지만 지금 생명이 빠져나가고 있는데 나는 붙잡을 수가 없어. 그래. 왜 나 자신을 기만해야 하지? 나만 빼고 모두 내가 죽어가고 있다는 것을 분명히 알고 있어. 문제는 몇 주 혹은 며칠을 더 사느냐인데, 아마 지금 당장 죽을 수도 있어. 예전엔 빛이 있었는데 지금은 어둠뿐이야. 나는 여기에 있었지만 지금은 저기로 가고 있어! 대체 어디로?' 돌연 그의 몸이 추워지더니 숨이 멎었다. 심장이 쿵쿵 뛰는 소리만 들렸다.

'내가 존재하지 않으면, 무슨 일이 일어날까? 아무 일도 일어나지 않을 거야. 내가 존재하지 않으면, 도대체 내가 어디에 있을 수 있을까? 정말 죽음이 있을까? 아니, 나는 죽고 싶지 않아.' 그는 벌떡 일어나 촛불을 켜려고 떨리는 손으로 초를 더듬더듬 찾다가 초와 촛대를 바닥에 떨어뜨리고는 다시 베개 위로 벌러덩 나자빠졌다. '왜? 어쨌거나 마찬가지야.' 그는 크게 뜬 두 눈으로 어둠을 응시하며 혼잣말을 했다. '죽음. 그래, 죽음이야. 저 사람들 중 아무도 모르고 알고 싶어하지도 않고 애석해하지도 않아. 그들은 그저 놀고 있어. (문밖에서 사람들의 목소리와 반주 소리가 어렴풋이 들려왔다.) 저들도 마찬가지로 모두 죽을 거야. 멍청한 것들. 내가 먼저고 저들은 나중일 뿐이야. 저들도 똑같이 죽을 거야. 그런데 저들은 기뻐하고 있어. 짐승들!' 그는 증오로 숨이 막히는 것 같았다. 그는 고통스러웠고 견딜 수 없이 괴로웠다. 모든 사람들이 언제나 이처럼 끔찍한 공포를 겪을 운명을 타고났을 리가 없다. 그는 몸을 일으켰다.

'무언가 잘못됐어. 진정해야만 해. 모든 것을 처음부터 다시 생각해야 해.' 그는 곰곰이 생각하기 시작했다. '그래 병의 시작부터 생각해보자. 옆구리를 부딪혔지. 그런데 그날도 다음날도 역시 괜찮았어. 약간 쑤셨고, 더 심해졌어. 다음에 의사를 찾아갔고, 그다음에 우울해지고 걱정이 되어 다시 의사를 찾아갔지. 나는 계속 나락을 향해 점점 더 가까이 걸어갔어. 힘도 빠지고. 더 가까이, 더 가까이. 이렇게 몸은 쇠약해졌고, 눈에서 광채도 사라졌어. 그리고 죽음이 바로 곁에 있는데, 나는 맹장에 대해 생각하고 있어. 지금도 맹장을 고칠 생각이나 하고 있지만, 이건 죽음의 문제야. 나는 정말 죽는 걸까?' 다시 공포가 그를 엄습했다. 그는 숨을 헐떡이면서 몸을 굽혀 성냥을 찾기 시작했고, 팔꿈치로 침대 옆 작은 탁자를 눌렀다. 탁자가 방해가 되고 팔꿈치가 아파오자 그는 화가 나서 더 세게 탁자를 눌러 넘어뜨렸다. 그는 절망에 빠져 숨을 헐떡거리다가 뒤로 넘어져 이제 임박한 죽음을 기다렸다.

이때 손님들이 돌아가고 있었다. 프라스코비야 표도로브나가 손님들을 배웅하던 중에 쿵 하는 소리를 듣고 방으로 들어왔다.

"무슨 일이에요?"

"아무것도 아니야. 우연히 뭘 좀 떨어뜨렸어."

그녀는 방에서 나가더니 초를 가져왔다. 그는 1베르스타를 달린 사람처럼 힘겹게 가쁜 숨을 몰아쉬며 누워 있었고, 그의 두 눈은 그녀를 향한 채 움직이지 않았다.

"왜 그래요, 장?"

"아무 일도 아니…… 떠어러…… 뜨렸어." 그는 '말을 해야 뭐해. 어차피 이해도 못할 텐데' 하고 생각했다.

아내는 정말 이해하지 못했다. 그녀는 초를 들어올려 그에게 촛불을 켜주고 급히 방에서 나갔다. 손님들을 마저 배웅해야 했기 때문이다.

그녀가 돌아왔을 때 그는 여전히 고개를 위로 하고 반듯이 누워 천장을 바라보고 있었다.

"무슨 일이에요, 더 나빠졌어요?"

"그래."

그녀는 몇 번 고개를 젓더니 남편 곁에 앉았다.

"있잖아요, 장, 제 생각인데, 레셰티츠키 선생님을 집으로 모셔오면 어떨까요?"

명의를 집으로 모시자는 말은 돈을 아끼지 않겠다는 의미다. 그는 독기 어린 미소를 짓고 "안 돼" 하고 말했다. 그녀는 잠시 앉아 있다가 남편에게 가까이 다가가 이마에 입을 맞췄다.

그는 아내가 이마에 입을 맞출 때 진심으로 그녀를 증오했으며, 그녀를 밀쳐내고 싶은 것을 간신히 참았다.

"자, 안녕. 잘 자요."

"그래."

6

이반 일리치는 자신이 죽어가고 있다는 사실을 깨닫고는 끊임없이 절망했다.

이반 일리치는 자신이 죽어가고 있다는 사실을 내심 알고 있었지만, 이 사실에 익숙해지지 않았을 뿐만 아니라 이 사실을 전혀 이해하지 못했고 결코 이해할 수도 없었다.

그는 지금까지, 키제베터*의 논리학에서 배운 '카이사르는 인간이다, 인간은 죽는다, 고로 카이사르도 죽는다'라는 삼단논법의 일례는 카이사르에게만 맞지 자신에게는 전혀 맞지 않는다고 생각했다. 카이사르는 인간, 일반적인 인간이니까 당연히 그 삼단논법을 적용할 수 있지만, 자신은 카이사르가 아니고 일반적인 인간도 아니었다. 이반 일리치는 자신을 항상 다

* 요한 고트프리트 키제베터(1766~1819). 독일 철학자로 칸트의 제자.

른 모든 사람들과는 전혀, 전혀 다른 특별한 존재라고 여겼다. 그는 엄마와 아빠, 미탸와 볼로댜, 장난감들, 마부, 유모와 카텐카, 어린 시절과 소년 시절과 청년 시절의 온갖 기쁨과 슬픔, 그리고 감동을 간직하고 있는 바냐였다.* 정말로 카이사르에게는 바냐가 그토록 좋아했던 줄무늬 있는 조그만 가죽공의 냄새가 있었을까? 정말로 카이사르는 어머니의 손에 그렇게 입을 맞췄고, 정말로 어머니의 비단옷 주름은 카이사르에게 그렇게 사각거렸을까? 정말로 카이사르가 그렇게 법률학교에서 피로조크** 때문에 소란을 피웠을까? 정말로 카이사르는 그렇게 사랑에 빠졌을까? 정말로 카이사르는 그렇게 재판을 진행할 수 있었을까?

분명 카이사르는 죽고, 죽는 것이 당연하지만 나, 바냐, 온갖 감정과 생각을 가진 이반 일리치인 나에게 죽음은 다른 문제다. 내가 죽어야만 한다는 것은 있을 수 없는 일이다. 그건 너무나 끔찍한 일이다.

그는 이렇게 느꼈다.

'만약 카이사르처럼 나도 죽어야 한다면 나는 그것을 알았을 테고, 내면의 목소리가 내게 그렇게 말했을 테지만, 내 안에 그런 것은 아무것도 없었어. 나도 내 친구들도 모두 우리는 카이사르와 전혀 다르다고 생각했어. 그

---

* 미탸, 볼로댜, 카텐카는 이반 일리치의 형제와 누이로 각각 미하일, 블라디미르, 예카테리나의 애칭. 바냐는 이반의 애칭.

** 러시아식 고기만두.

런데 지금, 이게 무슨 꼴이란 말인가!' 그는 계속 혼잣말을 했다. '있을 수 없는 일이야. 있을 수 없는 일이지만 현실이야. 이 일을 어쩌지? 이 일을 어떻게 이해해야 하지?'

그는 자신의 죽음을 이해할 수 없었다. 그는 거짓되고 병적인 잘못된 생각을 떨쳐내고 올바르고 건강한 생각을 하려고 애썼다. 하지만 이런 생각은 단지 생각이 아니라 마치 현실처럼 다시 나타나 그의 앞에 서 있었다.

그는 이런 생각의 자리에 다른 생각들을 차례로 불러내며 거기에서 마음의 버팀대를 찾고 싶어했다. 그는 이전에 죽음에 대한 생각으로부터 자신을 지켜주었던 예전의 사고의 흐름으로 돌아가려고 애썼다. 하지만 이상하게도, 이전에는 죽음에 대한 의식을 차단하고 숨기고 깨뜨렸던 모든 것들이 지금은 아무 효과가 없었다. 최근에 이반 일리치는 죽음에 대한 생각을 차단했던 예전의 감정의 흐름을 회복하려는 노력에 대부분의 시간을 쓰고 있었다. 그는 이렇게 혼잣말을 하곤 했다. '일이나 하자, 나는 일로 살아왔잖아.' 그는 온갖 의혹을 떨쳐내며 법정으로 출근해 동료들과 대화도 나누고 오래된 습관대로 무심코 재판정 자리에 앉아 생각에 잠긴 시선으로 청중을 둘러보았다. 비쩍 마른 두 팔을 참나무 안락의자의 팔걸이에 걸치고 평소처럼 동료에게 몸을 구부려 서류를 밀어주며 귓속말을 몇 마디 나누다가, 돌연 눈을 쳐들고 자세를 바로잡고는 의례적인 몇 마디 말을 한 후 재판을 시작했다. 하지만 재판 중간에 돌연 옆구리 통증이 찾아오고, 재판의 진행에는 아랑곳없이 그 빨아들일 것 같은 고통이 시작되었다. 이반 일리치는 귀를 기울이고 통증에 대한 생각을 떨쳐내려 했지만 통증은 자신의 역할을 계속했고, 그것이 그를 찾아와 그의 앞에 똑바로 서서 그를 바라보자 그는 몸이 차갑게 얼어붙었고 눈앞이 캄캄해져 다시 자문하기 시작했다. '정말로 그것만이 진실인가?' 동료들과 부하 직원들은 그토록 뛰어나고 섬세하던 재판관이 당황하고 실수하는 모습을 보면서 놀라움과 비애를 느끼지 않을 수 없었다. 그는 몸을 흔들며 정신을 차리려 애썼고, 간신히 재판을 끝내고 나서 서글픈 심정으로 집으로 돌아왔다. 이제는 재판 업무도 예전처럼 자신이 숨기고 싶은 것을 더이상 숨겨줄 수 없고, 재판 업무로도 자신이 그것에서 벗어날 수 없다는 사실을 그는 깨달았다. 그리고 무엇보다 기분이 나쁜 것은 그것이 그를 자기 쪽으로 끌어당기고 있다는 점이었는데, 그가 무언가를 하도록 시키는 것이 아니라 그저 그것만을 바라보게 하고, 그것도 똑바로 바라보게 하고, 아무것도 하지 않으면서 형용할 수 없는 고통을 겪도록 했다.

이런 상태에서 벗어나기 위해 이반 일리치는 위안이 될 만한 다른 방패막이들을 찾고 있었다. 그는 다른 방패막이들을 찾았고, 그것들은 잠시 그를 구원해주는 것 같았지만, 새로 찾은 방패막이들은 금세 망가졌다. 아니 망가졌다기보다는 투명해져서 그것은 모든 것을 뚫고 들어왔고, 아무것도 그것을 막을 수 없는 듯했다.

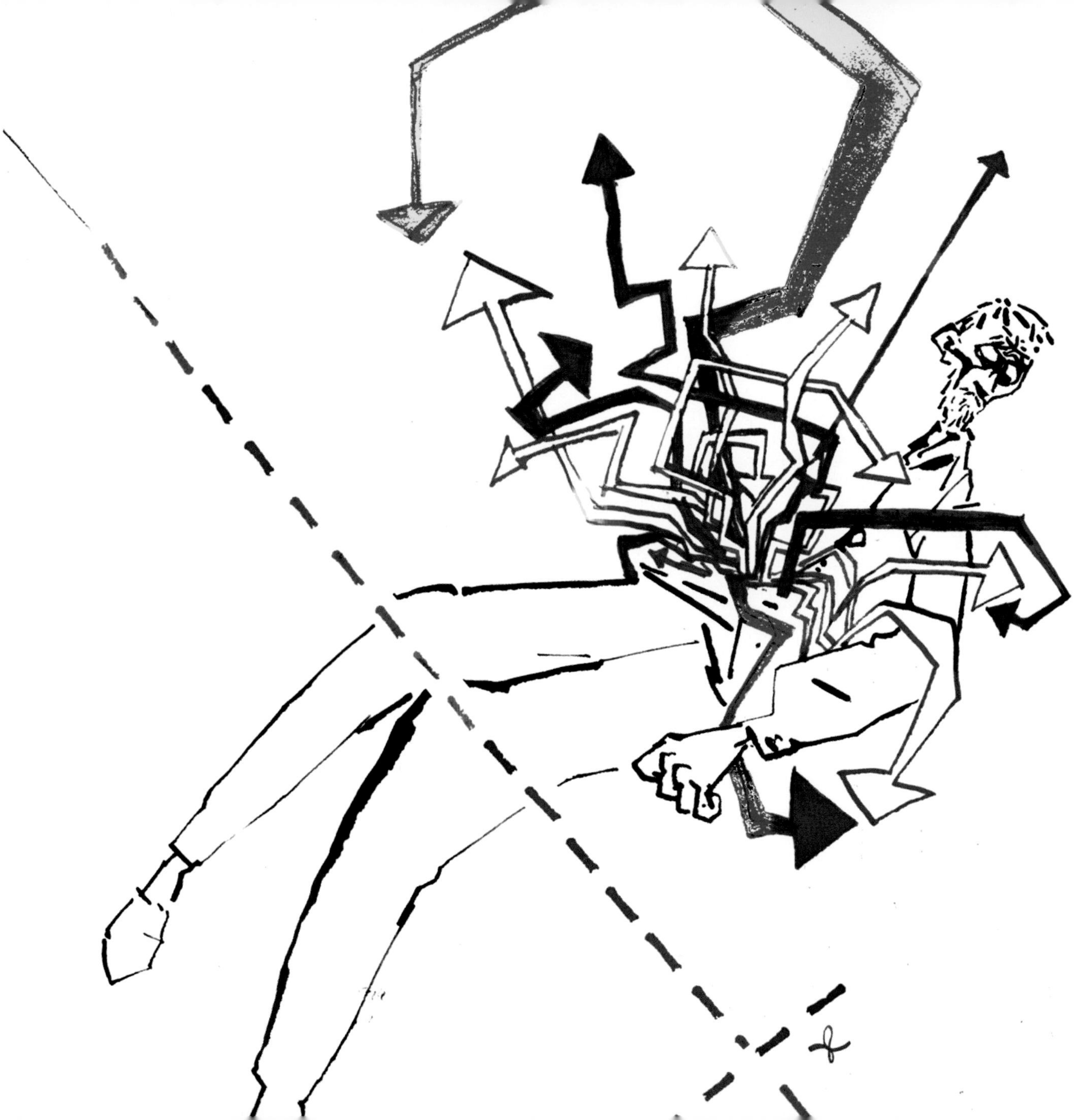

근래 들어 그는 자신이 꾸민 응접실에 들르곤 했다. 그가 사다리에서 미끄러져 떨어진 바로 그 방이었다. 그의 병이 그때 입은 타박상에서 시작되었으니 그 방을 위해, 그 방을 꾸미기 위해 그가 목숨을 바쳤다고 생각하면 독기어린 웃음이 나왔다. 그는 응접실로 들어가 래커칠한 탁자 위에서 무엇엔가 긁힌 자국을 보았다. 그 원인을 찾다가 앨범의 귀퉁이에 붙은 구부러진 청동 장식이 펴져서 생긴 자국임을 알아냈다. 자신이 애정을 갖고 만든 소중한 앨범을 집어든 그는 딸과 딸 친구들의 부주의함에 화가 났다. 어떤 곳은 찢겨 있었고, 어떤 곳은 사진이 거꾸로 붙어 있었다. 그는 열심히 앨범을 정리했고, 앨범의 청동 장식을 다시 구부려놓았다.

이윽고 그는 앨범이 놓인 탁자를 꽃들이 있는 다른 쪽 구석으로 옮겨야겠다는 생각을 했다. 그는 하인을 불렀다. 딸과 아내가 도와주겠다고 왔지만 그의 생각에 동의하지 않고 반대하는 바람에 그는 언쟁을 하고 화를 냈다. 그러나 그것에 대한 생각도 들지 않았고, 그것도 모습을 드러내지 않았기 때문에 모든 것이 좋았다.

하지만 그가 직접 탁자를 옮기려 하자 아내가 말했다. "제발, 하인들에게 시키세요. 또 다치면 어쩌려고요." 그 순간 그것이 방패막이들을 뚫고 잠깐 나타났다 사라졌고, 그는 그것을 알아보았다. 그것이 잠깐 나타났다 사라졌기 때문에 그는 그것이 곧 사라지리라 한번 더 기대하면서도 저도 모르게 옆구리에 신경을 집중했다. 모든 것이 그대로였고, 쑤시는 통증도 그대로여서 그는 잊을 수가 없었고, 그것이 꽃 뒤에서 그를 분명하게 바라보고 있었다. 이 모든 것이 무슨 소용이란 말인가?

'그래 맞아, 여기에서 이 커튼을 달다가 내가 전장에서처럼 목숨을 잃었다니 정말일까? 얼마나 끔찍하고 얼마나 어리석은 일인가! 그런 일은 일어날 수 없어! 그런 일은 일어날 수 없어, 하지만 사실인걸.'

그는 서재로 가서 자리에 누웠고 다시 그것과 홀로 남았다. 그는 그것과 눈을 마주하고 있었지만 그것을 상대로 할 수 있는 건 아무것도 없었다. 그저 그것을 바라보며 몸이 차가워질 뿐이었다.

7

발병한 지 석 달째로 접어들면서 이반 일리치의 병세가 악화되었는데, 어떻게 그렇게 되었는지 설명할 수 없었다. 병세가 천천히 눈에 띄지 않게 악화되었기 때문이다. 그에 대한 다른 사람들의 유일한 관심은, 마침내 그가 곧 자신의 자리를 비울 것인지, 자신의 존재 때문에 생겨난 압박으로부터 산 사람들을 해방시킬 것인지, 그리고 그 자신도 고통으로부터 벗어날 것인지였다. 아내도 딸도 아들도 하인도 지인들도 의사들도, 그 누구보다 그 자신도 그것을 알고 있었다.

그는 잠이 점점 줄어들었다. 그에게 아편과 모르핀이 투약되기 시작했다. 그러나 이 방법도 그의 고통을 덜어주지 못했다. 반무의식 상태에서 느껴지는 몽롱한 우수가 처음엔 뭔가 새로운 것처럼 그의 고통을 덜어주었지만, 시간이 지나자 통증은 다시 같아졌고 심지어 원래의 통증보다 훨씬 더 고통스러웠다.

의사들의 처방에 따라 그를 위한 특별한 음식이 준비되었다. 하지만 음식은 점점 더 맛이 없어지고 더욱 역겹기만 했다.

배뇨와 배변을 위해 특수 용변기가 만들어졌는데, 매번 그것을 사용하는 것도 고통이었다. 불결함과 상스러움, 고약한 냄새 때문에, 그리고 용변을 볼 때마다 다른 사람의 도움을 받아야 한다는 의식 때문에 그는 무척 고통스러웠다.

하지만 가장 불쾌한 이 일을 위해 이반 일리치에게 위안이 되는 존재가 나타났다. 그의 배설물을 치우기 위해 항상 들락거리는, 식당 일을 돕는 농부 게라심이었다.

게라심은 도시 밥을 먹어 통통하게 살이 찐, 깨끗하고 생기발랄한 젊은 농부였다. 그는 항상 밝고 명랑했다. 언제나 러시아식으로 깨끗하게 옷을 입고 이런 역겨운 일을 하는 젊은 게라심을 보기가 처음엔 무척 곤혹스러웠다.

한번은 용변기에서 일어나 바지를 올릴 힘이 없었던 이반 일리치는 푹신한 안락의자에 그대로 주저앉고 말았다. 그는 힘줄이 뚜렷이 드러난 자신의 벌거벗은 무력한 허벅지를 공포에 질려 바라보았다.

그때 두툼한 장화를 신은 게라심이 장화의 상큼한 타르 냄새와 신선한 겨울 공기를 자기 주변에 확 풍기며 가볍고 힘찬 걸음으로 방으로 들어왔다. 그는 거친 삼베로 만든 깨끗한 앞치마에 깨끗한 면 셔츠를 입고 있었는데, 걷어올린 소매 아래로 젊고 건강한 맨팔이 드러나 보였다. 그는 이반 일리치를 바라보지 않고 곧장 용변기 쪽으로 다가갔는데, 혹시 환자에게 모욕감을 줄까봐 자기 얼굴에서 환하게 빛나는 생명의 기쁨을 억누르고 있는 게 분명했다.

"게라심." 이반 일리치가 힘없이 말했다.

게라심은 움찔했다. 분명 자신이 무슨 잘못이라도 저질렀는지 놀라는 모습이었다. 게라심은 생기발랄하고 선량하고 순박하고 젊은, 이제 막 수염이 나기 시작한 자신의 얼굴을 재빨리 환자 쪽으로 돌렸다.

"무슨 일이시죠?"

"자네는 이 일이 내키지 않지? 미안하구나. 나는 할 수가 없어."

"별말씀을 다 하십니다요." 게라심은 두 눈을 빛내며 건강하고 하얀 이를 드러냈다. "전혀 어렵지 않습니다. 나리는 편찮으시잖아요."

그는 능숙하고 강한 두 팔로 익숙한 자신의 일을 처리하고 가벼운 걸음으로 방을 나갔다. 그리고 오 분쯤 지나 역시 가벼운 걸음으로 돌아왔다.

이반 일리치는 여전히 안락의자에 앉아 있었다.

"게라심." 게라심이 깨끗하게 씻은 용변기를 내려놓자 이반 일리치가 말했다. "자, 여기로 와서 나를 좀 도와줘." 게라심이 다가왔다. "나를 좀 일으켜줘. 혼자서는 힘들어. 드미트리를 보내버려서 말이야."

게라심이 다가왔다. 그는 가볍게 걷듯이 튼튼한 두 팔로 주인을 안아 민첩하고 부드럽게 일으켜세운 다음 부축하면서 한 손으로 바지를 끌어올린 뒤 자리에 앉히려고 했다. 하지만 이반 일리치가 소파로 데려가달라고 부탁했다. 게라심은 전혀 힘을 들이지 않고, 세게 누르지도 않으면서 거의 안다시피 하여 주인을 소파로 데려가 앉혔다.

"고맙다. 자네는 정말 일을 민첩하게 잘하는군…… 뭐든지 잘해."

게라심은 다시 미소를 짓고 방에서 나가려고 했다. 하지만 이반 일리치는 게라심과 함께 있는 것이 너무 좋아서 그를 놓아주고 싶지 않았다.

"저 말이야, 그 의자를 내게 밀어주게. 아니, 여기 발밑에 대줘. 다리를 더 높이 올리면 편하거든."

게라심은 의자를 가져와 소리도 내지 않고 단번에 바닥에 똑바로 내려놓더니 이반 일리치의 두 다리를 올려놓았다. 이반 일리치는 게라심이 자신의 다리를 높게 쳐드는 순간 편안해지는 느낌이 들었다.

"다리를 높게 올려놓으니까 훨씬 낫군." 이반 일리치가 말했다. "저기 있는 쿠션을 가져다 다리 밑에 놓게."

게라심은 시키는 대로 했다. 게라심이 다시 다리를 들고 그 밑에 쿠션을 받쳐주었다. 게라심이 다리를 잡고 있는 동안 이반 일리치는 한결 기분이 좋아졌다. 그가 다리를 내려놓자 기분이 나빠지는 것 같았다.

"게라심," 이반 일리치가 말했다. "지금 바쁜가?"

"전혀 바쁘지 않습니다요." 주인과 말하는 법을 도시 사람들에게서 배운 게라심이 말했다.

"아직 할일이 있나?"

"제가 할일이 뭐가 있겠습니까? 다 해놓았습니다. 내일 쓸 장작만 패면 됩니다."

"그럼 내 다리를 좀더 높이 들고 있게, 할 수 있겠나?"

"물론입니다, 할 수 있습니다." 게라심이 다리를 더 높이 들어올리자 이반 일리치는 이런 자세에서는 통증을 전혀 느끼지 않을 것 같았다.

"그런데 장작은 어쩌지?"

"걱정 마십시오. 다 할 수 있습니다."

이반 일리치는 앉아서 다리를 잡고 있으라고 게라심에게 이르고 잠시 그와 이야기를 나누었다. 이상하게도, 게라심이 그의 다리를 잡고 있는 동안 몸이 한결 좋아지는 느낌이었다.

그때부터 이반 일리치는 가끔 게라심을 불러 그의 어깨에 자신의 다리를 올려놓고 그와 이야기하길 좋아했다. 게라심은 이런 일을 가볍고 단순하고

즐겁게 착한 마음으로 했다. 이반 일리치는 그의 착한 마음에 감동했다. 다른 사람들의 건강, 힘, 삶의 활기를 보고 이반 일리치는 모욕을 느꼈지만 게라심의 힘과 삶의 활기를 보고는 고통이 아닌 편안함을 느꼈다.

이반 일리치를 가장 고통스럽게 한 것은 거짓이었다. 왠지 모두가 인정한 거짓, 그가 죽어가는 것이 아니라 병이 들었을 뿐이고, 안정을 취하고 치료만 잘 받으면 아주 좋아질 것이라는 그 거짓말을 견디기가 고통스러웠다. 무슨 짓을 하더라도 점점 더 심해지는 고통과 죽음 외에 아무것도 기대할 수 없다는 사실을 그도 알고 있었다. 이 거짓말이 그를 괴롭혔다. 모두가 알고 있고, 그도 알고 있는 것을 인정하기는커녕 그의 끔찍한 상태에 대해 속이려 들고, 또 그 거짓말에 그 자신이 가담하기를 강요하는 것도 그를 괴롭혔다. 거짓말, 죽음을 눈앞에 둔 그에게 쏟아지는 이 거짓말, 무시무시하고 장엄한 그의 죽음의 의식儀式을 문병, 커튼, 식사에 나온 철갑상어 요리 등등의 수준으로 끌어내리는 이런 거짓말이 이반 일리치는 너무나 괴로웠다. 사람들이 그의 앞에서 이런 거짓말을 할 때마다 '거짓말은 그만해, 내가 죽어가고 있다는 건 당신들도 알고 나도 알고 있으니까 최소한 거짓말은 하지 마'라는 외침이 목구멍까지 차올랐지만, 이상하게도 그는 그 말을 내뱉을 용기를 단 한 번도 내지 못했다. 그는 자신의 무시무시하고 끔찍한 죽음의 의식이 자신을 둘러싼 모든 사람들에 의해, 우발적인 불쾌한 사건이나 다소 품위가 떨어지는 일(응접실로 들어오면서 고약한 냄새를 풍기는 사람을 대하는 것 같은)의 수준으로 끌어내려지는 것을 보았는데, 그는 평생 바로 그 '품위'를 유지하기 위해 노력해왔다. 아무도 그의 상태를 이해조차 하려 들지 않기 때문에 아무도 그를 가엾게 여기지 않는다는 것을 그는 알고 있었다. 그의 상태를 이해하고 그를 가엾게 여기는 사람은 게라심 한 명뿐이었다. 그래서 이반 일리치는 게라심과 함께 있을 때만 마음이 편했다. 이따금 게라심이 그의 발을 붙잡고서 잠자러 갈 생각도 않고 밤을 꼬박 새우며 "걱정하지 마십시오, 이반 일리치 나리, 저는 실컷 잠을 잘 수 있으니까요"라고 말할 때 그는 기분이 좋았다. 혹은 게라심이 돌연 친근한 어투로 "아프지 않다고 해도 당연히 이렇게 해드릴게요" 하고 덧붙여 말할 때도 기분이 좋았다. 게라심만이 거짓말을 하지 않았다. 모든 정황으로 보아 게라심만이 문제의 핵심을 깨닫고 이것을 숨길 필요가 없다고 생각했으며, 깡마르고 허약한 주인 나리를 정말로 가엾게 여기는 것이 분명했다. 심지어 한번은 이반 일리치가 게라심을 내보내려고 하자, 그가 솔직하게 말했다.

"우리 모두 언젠가는 죽습니다. 나리를 위해 수고하는 건 당연합니다." 게라심은 이 말을 통해 자기는 죽어가는 사람을 위해 수고하고 있기 때문에 전혀 힘들지 않고, 언젠가 자기가 죽어갈 때 누군가 자기를 위해서도 똑같은 수고를 해주길 바란다는 속내를 내비쳤다.

거짓말 외에, 아니 그 거짓말 때문에 그 누구도 이반 일리치가 바라는 만큼 그를 가엾게 여기지 않는다는 사실이 무엇보다 괴로웠다. 오랜 고통에 시달리고 난 뒤 이따금 이반 일리치는, 사실대로 고백하기가 부끄러운 일이긴 하지만, 누군가 자신을 아픈 아이를 대하듯이 그렇게 가엾게 여겨주기를 무엇보다 간절히 원했다. 사람들이 어린애를 어루만지며 달래듯이 자기를 부드럽게 다독이고, 자기에게 입을 맞추고, 자기를 위해 울어주기를 바랐다. 그는 자신이 지위가 높은 판사이고 벌써 수염이 희끗희끗한 나이이기 때문에 그럴 수 없다는 것을 알고 있었다. 그러나 그럼에도 불구하고 그는 그러길 바랐다. 게라심과의 관계에서 이와 비슷한 무언가가 있었고, 그래서 그는 게라심과의 관계에서 위로를 받았다. 이반 일리치는 울고 싶었고, 사람들이 그런 자신을 다정하게 어루만져주고 같이 울어주기를 바랐지만, 법원 동료인 셰베크 판사가 찾아오자 그는 울거나 응석을 부리는 대신 심각하고 엄숙한 얼굴로 깊은 생각에 잠긴 표정을 지었고 타성적으로 대법원이 내린 판결의 의미에 대해 의견을 표명하면서 자신의 의견을 고집했다. 무엇보다 그의 주변과 그 자신의 이런 거짓이 이반 일리치의 삶의 마지막 나날들을 해치고 있었다.

8

아침이었다. 게라심이 나가자 하인 표트르가 들어와 촛불을 끄고 한쪽 커튼을 젖히고 나서 조용히 청소를 시작했기 때문에 그저 아침인 것이었다. 아침이든 저녁이든, 금요일이든 일요일이든 모든 것이 마찬가지고, 모든 것이 똑같았다. 한순간도 멎지 않고 그를 괴롭히는 찌르는 듯한 통증도, 아직은 붙어 있지만 계속 사라져가는 생명에 대한 절망적인 의식意識도 그대로였다. 점점 다가오는 이 무시무시하고 가증스러운 죽음만이 유일한 현실이었고 다른 모든 것은 거짓이었다. 이런 마당에 요일이며 주일이며 시간이 무슨 의미가 있겠는가?

"차를 내오도록 할까요, 나리?"

'저 녀석에겐 규칙이 필요하지. 아침마다 주인들이 차를 마셔야 하는 거야.' 이렇게 생각하며 그가 말했다.

"아니다."

"소파로 옮겨드릴까요?"

'방을 정돈하는 데 내가 방해된다 이거지. 내가 방을 더럽히고 너저분하게 만든다는 거군.' 이번에도 이렇게 생각하며 그가 말했다.

"아니, 나를 그냥 내버려둬."

하인은 여전히 부산을 떨었다. 이반 일리치가 한 팔을 뻗었다. 표트르가

친절하게 다가왔다.

"뭐가 필요하신지요?"

"시계 좀."

표트르가 팔 밑에 있던 시계를 집어 건넸다.

"여덟시 반이군. 다들 일어나지 않았나?"

"아직 일어나지 않으셨습니다요. 바실리 이바노비치(그의 아들이었다) 도련님은 김나지움에 가셨지만 프라스코비야 표도로브나 마님은 나리께서 찾으시면 깨우라고 분부하셨습니다. 마님을 깨울까요?"

"아니, 됐어." 그는 '차를 한잔 마셔볼까' 하고 생각했다. "그래, 차를…… 가져와."

표트르가 문 쪽으로 걸어갔다. 이반 일리치는 혼자 남는 것이 두려워졌다. '어떻게 저 녀석을 붙잡아두지? 그래, 약이 있지.' "표트르, 약 좀 갖다 줘." '그래, 아마도 아직은 약이 도움이 될 수도 있어.' 그는 숟가락을 들고 약을 마셨다. '아니야, 소용없을 거야. 다 쓸데없는 짓이야, 거짓이야.' 그는 입안에 익숙한 역겹고 절망적인 맛을 느끼자마자 이렇게 단정했다. '아니, 더이상 믿을 수 없어. 그런데 통증, 이놈의 통증은 어째서 한순간도 멈추지 않는 거야.' 그는 신음소리를 내기 시작했다. 표트르가 돌아왔다. "아니야, 가서 차나 가져와."

표트르가 방에서 나갔다. 혼자 남은 이반 일리치는 계속 신음소리를 냈다. 그것은 견딜 수 없는 끔찍한 통증 때문이 아니라 너무나 울적해서 터져 나오는 신음이었다. '모든 게 똑같아. 끝없이 반복되는 밤과 낮. 차라리 더 빨리 왔으면. 뭐가? 죽음, 어둠 말인가. 아니, 아니야. 그래도 무엇이든 죽음보다는 나아!'

표트르가 쟁반에 차를 받쳐들고 방으로 들어오자 이반 일리치는 그가 누군지, 뭐하러 들어왔는지 전혀 이해하지 못하고 오랫동안 멍한 눈길로 바라보았다. 표트르는 주인의 멍한 눈길에 당황했다. 표트르가 당황하자 그제야 이반 일리치는 제정신을 차렸다.

"그래," 그는 말했다. "차…… 좋아, 거기 내려놔. 세수하는 거나 도와주고 깨끗한 루바시카로 갈아입혀줘."

이반 일리치는 세수하기 시작했다. 그는 쉬엄쉬엄 손과 얼굴을 씻고, 이를 닦고, 머리를 빗고 나서 거울을 보았다. 무섭게 변해 있었다. 특히 창백한 이마에 머리칼이 착 달라붙은 모습이 무서웠다.

표트르가 루바시카를 갈아입혀줄 때, 그는 자신의 몸을 보면 더 끔찍하리라 생각하고 아예 몸을 바라보지 않았다. 마침내 몸단장이 끝났다. 그는 실내 가운을 입고 모포로 몸을 감싼 뒤, 차를 마시려고 안락의자에 앉았다. 한순간 상쾌한 기분을 느꼈지만, 차를 한 모금 마시자마자 그 역겨운 맛이 다시 입안에 돌고 통증이 시작되었다. 그는 간신히 차를 마시고는 다리를 죽 뻗었다. 그는 자리에 누운 뒤 표트르를 내보냈다.

모든 게 똑같았다. 때론 희망이 한 방울 반짝이다가 때론 절망의 파도가 몰아쳤고, 끊임없는 통증과 연이은 울적함, 모든 게 똑같았다. 혼자 있으면 끔찍하게 울적해져서 누군가를 부르고 싶었지만 다른 사람들이 있으면 상태가 더 악화된다는 것을 그는 이미 알고 있었다. '다시 모르핀이라도 맞아서 고통을 잊어버릴 수 있다면 차라리 좋을 텐데. 의사에게 뭔가 다른 방법을 찾아보라고 말해야겠어. 이대로는 견딜 수 없어, 도저히 견딜 수 없어.'

그렇게 한 시간, 두 시간이 흘렀다. 현관에서 벨이 울렸다. 아마 의사일 것이다. 정말로 의사였다. 생기가 넘치고 활달하며 살집이 좋은 쾌활한 의사는 '왠지 다들 놀라신 것 같은데, 이제 우리가 다 해결해드리지요'라고 말하는 듯한 표정을 짓고 있었다. 의사는 자신의 표정이 이 자리에 어울리지 않는다는 것을 알고 있었지만, 이미 확실하게 굳어져버린 그 표정을 지울 수가 없었는데, 그건 마치 어떤 사람이 아침부터 프록코트를 입고 남의 집을 방문하러 다니는 것과 같았다.

의사는 활기차게, 환자를 위로하려는 듯이 두 손을 비볐다.

"몸이 얼었어요. 날씨가 엄청 춥습니다. 우선 몸부터 녹여야겠어요." 그는 마치 몸을 녹일 동안 잠시만 기다려주면, 몸이 녹는 대로 모든 것을 바로잡겠다는 표정을 지으며 말했다.

"그래, 좀 어떠세요?"

이반 일리치는 의사가 '별일 없죠?'라고 묻고 싶지만, 차마 그렇게 말할 수가 없어서 '간밤은 어떻게 보내셨나요?'라고 말하는 것 같았다.

이반 일리치는 '정말로 당신은 그렇게 거짓말을 하는 게 부끄럽지도 않소?' 하고 묻는 표정으로 의사를 바라보았다. 하지만 의사는 그 표정의 의미를 이해하려 하지 않았다.

그래서 이반 일리치가 말했다.

"여전히 끔찍합니다. 통증은 계속되고 가라앉지도 않아요. 제발 어떻게 좀 해주시오!"

"그래요, 선생님 같은 환자들은 통증이 언제나 그렇습니다. 자아, 이제 몸이 녹은 것 같군요. 더없이 정확하고 꼼꼼한 프라스코비야 표도로브나도 이제 제 체온에 대해 뭐라고 하지는 않을 겁니다. 자아, 어디 한번 볼까요." 그러면서 의사가 환자의 손을 잡았다.

의사는 지금까지의 장난기어린 태도를 거두고 진지한 모습으로 환자를 살펴보고, 맥을 짚어보고, 체온을 재고, 여기저기 몸을 두드리면서 몸에서 나는 소리에 주의깊게 귀를 기울였다.

이반 일리치는 의사의 이런 행동이 다 쓸데없는 짓이며 공허한 거짓에 지나지 않는다는 것을 확실하고 분명하게 알고 있었지만, 의사가 무릎을 꿇고 그의 위로 몸을 편 채 귀를 위 아래로 갖다대고 의미심장한 얼굴로 체조 동작 같은 다양한 몸짓을 하자 이런 동작에 그만 속아넘어갔는데, 그것은 예전에 변호사들의 말이 다 거짓이고 그들이 왜 거짓말을 하는지 잘 알면서도 그들의 말에 속아넘어가는 것과 같았다.

의사는 소파에 무릎을 꿇고 앉아 여전히 그의 몸을 여기저기 두드리고 있었다. 그때 문 쪽에서 프라스코비야 표도로브나의 비단 옷자락 스치는 소리가 사각사각 들리더니, 의사 선생님이 오신 것을 왜 알리지 않았느냐고 표트르를 꾸짖는 소리가 들려왔다.

그녀가 방안으로 들어와 남편에게 입을 맞추고 곧바로 자기는 이미 오래전에 일어났는데 뭔가 오해 때문에 의사 선생님이 오셨을 때 나와보지 못했다고 변명하기 시작했다.

이반 일리치는 아내를 바라보며 그녀의 온몸을 찬찬히 뜯어보았다. 하얀 피부, 포동포동한 몸, 깨끗한 손과 목, 윤기나는 머리칼, 생기로 가득찬 빛나는 두 눈, 그는 아내의 모든 것을 비난하듯 바라보았다. 그는 진심으로 아내를 증오했다. 아내의 몸이 조금만 닿아도 아내를 향한 증오심이 북받쳐 견딜 수 없이 괴로웠다.

그와 그의 병에 대한 아내의 태도는 예나 지금이나 똑같았다. 의사가 환자들에 대한 자신의 태도를 한번 정하면 그 태도에서 쉽게 벗어날 수 없듯이, 그녀 역시 그에 대한 한 가지 태도를 정하자 그 태도에서 벗어날 수 없었다. 그 태도란 그가 해야 하는 뭔가를 제대로 하지 않는 것은 그의 잘못이고, 자신은 그의 그런 행동을 사랑으로 질책한다는 것이었다.

"저이는 도무지 말을 듣지 않아요! 제시간에 약을 복용하지도 않고요. 무엇보다 저런 자세로 누워 있는 게 문제랍니다. 저렇게 다리를 위로 쳐든 채 누워 있는 것은 아마 몸에 해로울 거예요."

그녀는 남편이 게라심에게 자기 다리를 들고 있게 한다고 말했다.

의사는 부드러우면서도 멸시하는 듯한 미소를 지었다. '어쩌겠어요, 환자들이란 흔히 그런 어리석은 짓을 생각해내곤 합니다. 하지만 용서해야죠'라고 말하는 표정이었다.

진찰이 끝나자 의사가 시계를 들여다보았다. 그때 프라스코비야 표도로브나가 이렇게 선언했다. 즉, 이반 일리치에게 그가 원하든 원하지 않든 자신은 오늘 명의를 집으로 불렀고, 그 명의와 미하일 다닐로비치(지금 와 있는 평범한 의사의 이름이었다)가 함께 그를 진찰하고 서로 의견을 나누리라는 것이다.

"그러니 반대하지 말아요. 이건 나를 위해서 하는 거니까요." 그녀는 자신이 그를 위해 모든 것을 하고 있으니 자기가 하는 일에 대해 거부할 권리를 그에게 주지 않겠다는 투로 비꼬듯이 말했다. 그는 말없이 얼굴을 찌푸렸다. 그는 자신을 둘러싼 이 거짓이 얼기설기 뒤얽혀 있어서 뭔가를 분간하기가 어렵다고 느꼈다.

그녀가 그를 위해 한다는 모든 일은 오로지 그녀 자신을 위한 것이었다. 그런데 그녀는 이제 이런 일을 자기 자신을 위한 것이라고 그에게 말했다. 그런 말은 반대로 이해해야만 하는, 도저히 믿을 수 없는 말이었다.

실제로 명의는 오전 열한시 반에 집으로 왔다. 다시 청진이 시작되었고 그의 면전에서, 그리고 다른 방에서 신장과 맹장에 관한 심각한 대화가 오갔으며, 의사들은 아주 진지한 표정으로 질문과 대답을 주고받았는데, 다시 환자가 직면한 유일한 문제, 즉 사느냐 죽느냐의 실제적인 문제 대신에 왠지 제 기능을 하지 못하는 신장과 맹장의 문제가 부각되었다. 미하일 다닐로비치와 명의는 신장과 맹장이 제 기능을 하도록 신장과 맹장에 막 공격을 퍼부을 태세였다.

명의는 심각하면서도 한 가닥 희망이 있다는 표정으로 작별인사를 했다. 이반 일리치가 공포와 희망이 교차하는 눈길로 두 눈을 빛내며 치료될 가능성이 있는지 겁먹은 듯이 묻자, 그는 장담할 수는 없지만 가능성이 있다고 대답했다. 희망어린 눈길로 의사를 배웅하는 이반 일리치가 얼마나 애처롭던지 왕진료를 건네려고 서재 문을 나서던 프라스코비야 표도로브나는 그 모습을 보고 그만 울음을 터뜨리고 말았다.

원기를 북돋워주는 의사의 말에 한껏 부풀어올랐던 기분은 그리 오래가지 못했다. 다시 똑같은 방, 똑같은 그림들, 커튼, 벽지, 조그만 약병들, 그리고 통증에 괴로워하는 육신. 이반 일리치는 다시 신음하기 시작했다. 그는 주사를 맞았고 의식을 잃었다.

그가 제정신을 차렸을 때는 이미 어두워지고 있었다. 식사가 나오자 그는 억지로 고깃국을 조금 먹었다. 그리고 다시 똑같은 일이 되풀이되었고, 다시 똑같은 밤이 찾아왔다.

저녁식사가 끝나고 일곱시 무렵에 야회에 가는 사람처럼 차려입은 프라스코비야 표도로브나가 그의 방으로 들어왔는데, 그녀는 풍만한 가슴을 불룩하게 위로 끌어올렸고, 얼굴에는 분칠한 자국도 보였다. 그녀는 저녁에 극장에 간다고 이미 아침에 남편에게 말한 바 있었다. 사라 베르나르*의 방문 공연이 있었는데, 아이들을 데리고 가서 보라고 이반 일리치가 고집해서 특별석을 예약해둔 상태였다. 지금 이 사실을 잊어버리고 있던 그는 아내의 옷차림에 기분이 나빠졌다. 하지만 공연이 아이들에게 교육적이고 미학적인 즐거움을 주기 때문에 특별석을 구해서 같이 가야 한다고 고집한 사람이 바로 자신임을 기억해내고는 불쾌한 기분을 내색하지 않았다.

프라스코비야 표도로브나는 자기 모습에 만족하며 방으로 들어왔지만 좀 미안해하는 것 같았다. 그녀는 남편 곁에 앉아 건강에 대해 물었지만, 그는 아내가 그저 물어본 것이지 그의 건강 상태를 알고 싶어서 물어본 것이 아님을 알고 있었다. 사실 더이상 알고 싶은 것이 없었던 그녀는 하고 싶은 말을 꺼냈다. 그녀는 절대로 가고 싶은 마음이 없지만 특별석이 예약되어 있고, 엘렌과 딸, 그리고 페트리셰프(딸의 구혼자인 예심판사)가 가는데, 그들끼리만 가게 할 수가 없어서 자신도 가는 거라고 말했다. 그리고 자기

* 프랑스 연극배우(1844~1923).

는 그의 곁에 앉아 있는 것이 더 좋다고 덧붙였다. 또 자기가 없더라도 의사의 지시 사항을 지켰으면 좋겠다고 말했다.

"그럼, 표도르 페트로비치(딸의 구혼자)가 들어와서 인사하고 싶어하는데, 괜찮죠? 리자도 그렇고요."

"들어오라고 해."

젊은 육체가 훤히 드러나도록 곱게 차려입은 딸이 안으로 들어왔는데, 그 육체는 그를 몹시 고통스럽게 했다. 그런데 딸은 자신의 건강한 육체를 과시하고 있었다. 강하고, 건강하고, 분명 사랑에 빠진 딸은 자신의 행복을 방해하는 병이나 고통이나 죽음에 화가 나 있었다.

연미복을 입고 카풀식*으로 머리한 표도르 페트로비치가 들어왔는데, 힘줄이 드러난 그의 긴 목은 하얀 칼라로 꼭 조여져 있었고, 흰 셔츠를 입은 넓은 가슴이 하얗게 빛났으며, 강인하고 탄탄한 허벅지에는 통이 좁은 검은 바지가 착 달라붙어 있었다. 그는 한쪽 손에는 하얀 장갑을 바짝 잡아당겨 끼고 있었고, 다른 쪽 손에는 오페라해트를 들고 있었다.

그의 뒤로 김나지움에 다니는 아들이 소리 없이 들어왔다. 새 교복을 입고 장갑을 낀 가엾은 아들은 눈 밑이 무섭도록 파랗게 그늘져 있었는데, 이반 일리치는 그 그늘이 무엇을 의미하는지 알고 있었다.

---

* 프랑스 테너 가수 조제프 카풀(1839~1924)의 헤어스타일로, 머리 한가운데에 가르마를 타고 곱슬머리 두 가닥을 이마 위로 내려뜨린 것.

그는 늘 아들이 안쓰러웠다. 아버지를 애처롭게 바라보는 아들의 겁먹은 시선이 두렵게 느껴졌다. 게라심 외에 자신을 이해하고 동정하는 사람은 아들 바샤*뿐이라는 생각이 들었다.

모두 자리에 앉더니 다시 건강은 좀 어떠냐고 물었다. 잠시 침묵이 흘렀다. 리자가 어머니에게 오페라용 쌍안경에 대해 물었다. 누가 그것을 어디로 치웠느냐고 모녀 사이에 언쟁이 일어났다. 볼썽사나운 장면이었다.

표도르 페트로비치는 이반 일리치에게 사라 베르나르를 본 적이 있느냐고 물었다. 이반 일리치는 처음에 무엇을 물어보는지 이해하지 못했다가 잠시 후에 말했다.

"아니, 자네는 보았나?"

"예, 〈아드리엔 르쿠브뢰르〉**를 공연할 때 봤습니다."

프라스코비야 표도로브나는 그 공연에서 사라 베르나르의 연기가 특히 좋았다고 말했다. 딸은 어머니의 의견을 반박했다. 사라 베르나르의 연기가 얼마나 우아하고 실감나는지 등에 대한 대화가 시작되었다. 언제나 똑같은 그저 그런 대화였다.

대화 도중에 표도르 페트로비치가 이반 일리치를 힐끗 쳐다보더니 입을

---

* 바실리의 애칭.

** 프랑스 극작가 오귀스탱 스크리브와 가브리엘 르구베의 희곡 작품. 사라 베르나르가 아드리엔 역을 연기했다.

다물었다. 다른 사람들도 그를 바라보고는 입을 다물었다. 이반 일리치는 두 눈을 번뜩이며 자기 앞을 응시하고 있었는데, 그들에게 화가 난 것이 분명했다. 이 상황을 수습해야 했지만 도저히 어떻게 할 수가 없었다. 어떻게든 이 침묵을 깨야 했다. 하지만 아무도 감히 나서지 못했는데, 돌연 이 고상한 거짓이 깨져서 있는 그대로 모든 것이 명백하게 드러나는 것이 모두에게 두려웠던 것이다. 리자가 먼저 나서서 침묵을 깼다. 그녀는 모두가 느끼고 있던 것을 감추고 싶었지만 무심코 입 밖에 내고 말았다.

"그건 그렇고, 만일 가려면 지금 가야 해요." 그녀는 아버지한테서 선물로 받은 시계를 힐끗 보고 나서 말했다. 그리고 젊은이에게 자기들만 아는 뭔가에 대해 보일 듯 말 듯한 의미심장한 미소를 짓고는 옷자락을 부스럭거리며 자리에서 일어났다.

그러자 모두들 자리에서 일어나 작별인사를 하고 방에서 나갔다.

그들이 나가자 이반 일리치는 한결 편안해진 느낌이 들었다. 거짓이 사라졌기 때문이다. 거짓은 그들과 함께 사라졌지만 통증은 그대로 남았다. 여전히 계속되는 똑같은 통증과 똑같은 공포, 더 힘들어질 것도 더 가벼워질 것도 없었다. 상태는 계속 악화되었다.

다시 일 분 또 일 분이 지나고, 한 시간 또 한 시간이 흘렀지만 모든 것이 똑같고, 모든 것이 끝이 없다. 피할 수 없는 종말은 점점 더 무서워졌다.

"그래, 게라심을 보내줘." 그는 표트르의 질문에 이렇게 대답했다.

9

아내는 밤늦게 돌아왔다. 발끝으로 살금살금 들어왔지만 그는 아내가 들어오는 소리를 들었다. 그는 눈을 떴다가 얼른 다시 감았다. 그녀는 게라심을 내보내고 자신이 직접 남편 곁에 있고 싶어했다. 그가 눈을 뜨고 말했다.

"아니, 당신은 가봐."

"많이 아파요?"

"마찬가지야."

"아편을 좀 들어요."

그가 동의하고 나서 아편을 마셨다. 그녀는 방에서 나갔다.

새벽 세시경까지 그는 고통스러운 의식불명 상태에 빠져 있었다. 누군가 그를 통증과 함께 어딘가 비좁고 캄캄하고 깊숙한 자루 속으로 밀어넣고, 점점 더 깊이 밀어넣는데, 자루 속으로 완전히 밀어넣지는 못하는 것 같았다. 이 끔찍한 일은 그에게 고통을 안겨주며 계속되었다. 그는 두렵기도 하고, 그 자루 속으로 떨어지기를 바라기도 하고, 몸부림치며 저항하기도 하고, 그 자루 속으로 자신이 떨어지도록 협조하기도 했다. 그러다가 돌연 쿵 하고 굴러떨어졌고, 그 순간 그는 정신이 들었다. 게라심은 여전히 침대 발치에 앉아 조용히, 참을성 있는 모습으로 졸고 있었다. 그는 긴 양말을 신은 깡마른 두 다리를 게라심의 어깨에 올려놓은 채 누워 있었다. 갓을 씌운 촛

в последнее время того одиночества, в котором он находился, лежа лицом к спинке дивана, того одино-чества среди многолюдного города и своих многочисленных знакомых и семьи, — одиночества, полнее ко-торого не могло быть нигде: ни на дне моря, ни в зе-мле, — последнее время этого страшного одиночества Иван Ильич жил только воображением в прошедшем.
бог
боль
одиночество
смерть

불도 그대로였고, 멈추지 않는 통증도 그대로였다.

"그만 가봐, 게라심." 그가 속삭였다.

"괜찮습니다, 좀더 앉아 있겠습니다요."

"아니야, 가봐."

그는 발을 내리더니 한 팔을 베고 옆으로 누웠다. 자신이 불쌍해졌다. 그는 게라심이 옆방으로 물러나기를 기다렸다가 더이상 참지 못하고 어린애처럼 울기 시작했다. 한없는 무력감과 끔찍한 고독, 사람들의 잔혹함과 하느님의 냉혹함, 그리고 하느님의 부재가 원망스러워 울었다.

'왜 저에게 이런 시련을 주셨나요? 왜 저를 여기까지 데려오셨나요? 무엇 때문에, 도대체 무엇 때문에 저를 이토록 고통스럽게 하시나요?……'

그는 대답을 기다리지 않고 울었다. 대답은 없고, 또 있을 수도 없기 때문이다. 통증이 다시 몰려왔지만 그는 몸을 뒤척이지도 않고 사람을 부르지도 않았다. 그는 혼잣말을 했다. '그래, 또 통증이 온단 말이지. 그래 나를 쳐라! 하지만 왜? 내가 뭘 어쨌다고? 도대체 왜?'

잠시 후 그는 조용해졌다. 울음도 멈추고 숨도 멈춘 채 온 정신을 집중하기 시작했다. 그는 마치 음성으로 말하는 목소리가 아닌 영혼의 목소리, 자신의 내면에서 솟아오르는 생각의 흐름에 열심히 귀를 기울이는 것 같았다.

"네게 필요한 게 뭐지?" 이 물음은 지금껏 마음속에서 뱅뱅 떠돌던 개념

이 그가 들을 수 있는 말로 분명하게, 처음으로 표현된 것이었다. "네게 필요한 게 뭐지? 네게 필요한 게 뭐지?" 그는 속으로 되뇌었다. '무엇이 필요하냐고? 더이상 고통받지 않는 것, 그리고 사는 것.' 그는 이렇게 대답했다.

그는 고통조차 느껴지지 않을 만큼 온 정신을 집중하여 다시 귀를 기울였다.

"사는 것이라고? 어떻게 사는 건데?" 영혼의 목소리가 물었다.

"그래, 사는 것, 예전처럼 즐겁고 기쁘게 사는 것이지."

"예전에 어떻게 살았는데? 즐겁고 기쁘게 살았다고?" 목소리가 물었다. 그는 즐거웠던 지난 삶에서 가장 좋았던 순간들을 하나하나 마음속에 떠올리기 시작했다. 하지만 이상하게도, 자신의 지난 삶에서 가장 좋았던 순간들이 이제는 그 당시와는 전혀 다르게 느껴졌다. 아주 어린 시절의 추억을 빼고는 모든 것들이 다 그랬다. 거기, 어린 시절에는, 그 시절이 다시 돌아온다면 그 시절의 기쁜 추억만 가지고도 살 수 있을 것 같은 정말로 즐거운 무언가가 있었다. 하지만 그 시절 그 기쁨을 느꼈던 그 사람은 이미 존재하지 않았다. 그건 마치 어떤 다른 사람을 추억하는 것과 같았다.

추억이 어린 시절을 지나 현재의 그, 이반 일리치가 존재하는 순간에 이르자 당시 기쁨으로 여겨졌던 모든 것들이 이제는 그의 눈앞에서 녹아내려 뭔가 하찮은 것으로, 종종 뭔가 역겨운 것으로 변해버렸다.

어린 시절에서 멀어지면 멀어질수록, 그리고 현재에 가까워지면 가까워

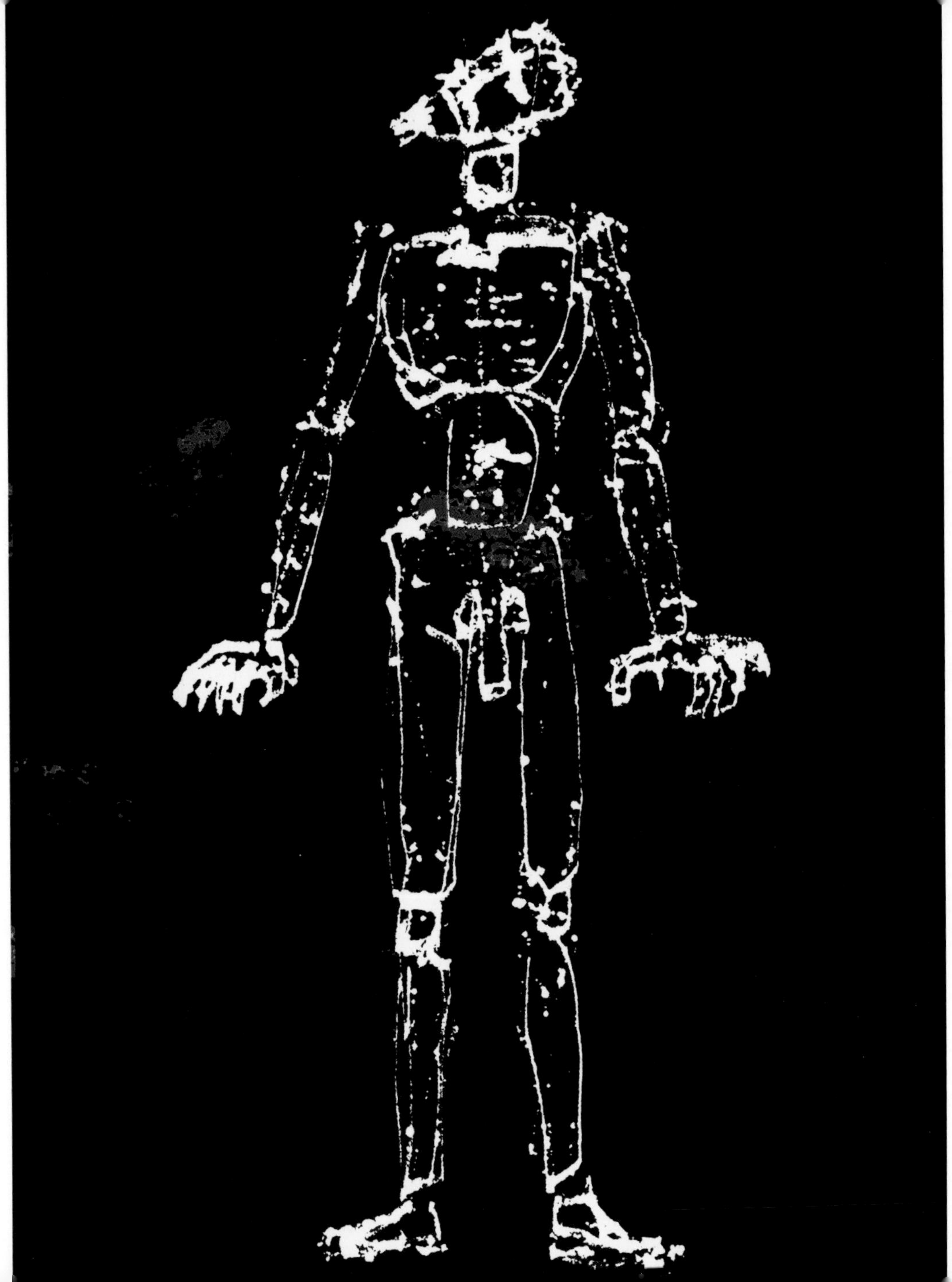

질수록 기쁨은 점점 더 하찮고 의심스러운 것으로 변했다. 우선 법률학교 시절이 그랬다. 그때는 아직 정말 좋은 것이 다소나마 있었다. 즐거움이 있었고, 우정이 있었고, 희망이 있었다. 하지만 고학년이 되면서부터 이 좋은 순간들이 점점 줄어들었다. 그후, 현지사 옆에서 첫 근무를 하는 동안 다시 좋은 순간들이 찾아왔다. 그건 한 여자에 대한 사랑의 추억이었다. 그후, 이 모든 것들이 서로 뒤섞이면서 좋은 것들은 점점 적어졌다. 이렇게 시간이 지나면 지날수록 좋은 것들은 점점 더 사라졌다.

전혀 뜻하지 않은 결혼…… 그리고 환멸, 그리고 아내의 입냄새, 애욕, 위선! 활기 없는 공직 생활, 돈 걱정, 그렇게 일 년이 가고 이 년이 가고 십 년이 가고 이십 년이 흘러갔다. 늘 똑같은 삶이었다. 세월이 가면 갈수록 더 활기 없는 삶이었다. 나는 산으로 올라간다고 생각했지만 정확히 일정한 걸음으로 산 아래로 내려오고 있었다. 정말 그랬다. 세상 사람들이 보기엔 내가 산을 오르고 있었지만, 사실은 꼭 그만큼씩 내 발밑에서 삶이 멀어져 갔던 거야…… 이제 모든 것이 끝났고, 죽는 일만 남았다!

그런데 이게 뭐지? 왜 이렇게 되었지? 이럴 수는 없다. 삶이 이토록 무의미하고 역겨울 리가 없지 않은가? 삶이 그렇게 역겹고 무의미한 것이라면, 내가 왜 죽어야 하지? 왜 이토록 고통스럽게 죽어야 하지? 뭔가 잘못됐어.

'혹시 내가 잘못 살아온 걸까?' 돌연 그의 머릿속에 이런 생각이 들었다. '하지만 당연히 해야 할 일들을 다 하면서 살아왔는데, 어떻게 잘못 살 수가 있어?' 그는 이렇게 혼잣말을 하면서, 삶과 죽음이라는 수수께끼를 풀 수 있는 유일한 열쇠인 이 물음을 전혀 불가능한 것이라고 생각하고 즉시 떨쳐버렸다.

'지금 네가 원하는 게 뭐지? 사는 것? 어떻게 사는 것? 법정 집행관이 "재판이 시작됩니다!……"라고 선언하면서 시작되는 그런 법정 생활? 재판이 시작됩니다, 재판이 시작됩니다.' 그는 속으로 되뇌었다. '그래, 재판이 시작되었어! 하지만 나는 죄가 없어!' 그는 악에 받쳐 소리쳤다. '도대체 왜?' 그는 울음을 그치고 벽 쪽으로 얼굴을 돌리더니 계속 한 가지만을 생각했다. 왜, 도대체 왜 나는 이런 끔찍한 일을 당해야 하지?

하지만 아무리 생각해봐도 그는 답을 찾을 수가 없었다. 예전에도 종종 그랬듯이, 이 모든 일은 자신이 제대로 살지 않았기 때문에 생긴 것이라는 생각이 들자, 그는 즉시 올바르고 정당했던 자신의 삶을 떠올리며 이 이상한 생각을 떨쳐버렸다.

10

다시 두 주가 지났다. 이반 일리치는 이미 소파에서 일어나려고 하지 않았다. 그는 침대에 누우려 하지 않고 소파에만 누워 있었다. 그리고 거의 언제나 얼굴을 벽 쪽으로 돌리고 누운 채, 여전히 해결되지 못한 똑같은 고통을 혼자서 견뎌냈고, 여전히 풀 수 없는 똑같은 생각을 혼자서 하고 있었다. 이게 뭐지? 정말로 내가 죽는 걸까? 그러면 내면의 목소리가 대답했다. 그래, 정말이야. 그런데 왜 이렇게 고통스럽지? 그러면 목소리가 대답했다. 그런 거야, 이유는 없어. 더 생각해봐도, 이 대답 외에 더이상 아무것도 없었다.

병이 막 시작되었을 때부터, 그러니까 이반 일리치가 처음 의사를 찾아갔을 때부터 그의 삶은 서로 번갈아가며 나타나는 상반된 두 마음으로 갈라져 있었다. 하나는 두렵고 이해할 수 없는 죽음을 기다리는 절망이었고, 다른 하나는 자기 몸의 활동을 흥미롭게 관찰하는 희망이었다. 때론 자기 임무를 잠시 제대로 수행하지 못하는 신장이나 맹장이 눈앞에 나타났고, 때론 그 무엇으로도 피할 수 없고 이해할 수 없는 끔찍한 죽음이 눈앞에 나타났다.

이 상반된 두 마음이 발병 초기부터 번갈아가며 나타나곤 했다. 하지만 병이 더 진행되면 진행될수록 신장에 대한 판단들은 점점 더 의심스럽고 더 비현실적인 것이 되었고, 다가오는 죽음에 대한 인식은 점점 더 현실적인 것이 되었다.

석 달 전 자신의 모습과 현재 자신의 모습을 떠올리기만 해도, 일정한 걸음으로 산 밑으로 내려오는 자신의 모습을 떠올리기만 해도 한 가닥 남은 희망마저 무너져내렸다.

얼굴을 소파 등받이 쪽으로 향한 채 누워 지내는 요즈음 그가 처한 외로움은 지독했다. 그것은 수많은 사람들이 살아가는 도시 한복판에서, 수많은 지인들과 가족들 사이에서 느껴야 하는 외로움인데, 이것보다 더 지독한 외로움은 바다 밑바닥이나 땅속이나 그 어디에서도 찾을 수 없었다. 최근 이 끔찍한 외로움 속에서 이반 일리치는 과거의 추억만을 떠올리며 살아갔다. 과거의 장면들이 꼬리에 꼬리를 물고 떠올랐다. 추억은 늘 가장 최근의 일부터 시작되어 아득히 먼 옛날로, 어린 시절로 거슬러올라가 거기에서 멈추곤 했다. 이반 일리치가 오늘 먹어보라고 나온 삶은 자두를 떠올리면, 어린 시절에 먹었던 쭈글쭈글한 설익은 프랑스산 자두와 그 특유의 맛, 그리고 씨가 있는 데까지 한 입 베어 물면 입안에 가득 고이던 침이 떠올랐고 이 맛의 추억과 함께 그 시절의 일련의 추억들, 즉 유모, 형, 장난감 등이 떠올랐다. '이런 생각은 그만하자…… 마음이 너무 아파.' 이반 일리치는 혼잣말을 하고 다시 현실로 돌아왔다. 소파 등받이의 단추와 염소 가죽의 주름이 눈에 들어왔다. '염소 가죽은 비싸기만 하지 튼튼하지 못해. 염소 가죽 때문에 말싸움도 했었지. 그건 그거고, 말싸움이 또 있었어. 우리가 아버지의 서류가방을 찢었다고 벌을 받고 있었는데, 엄마가 피로조크를 가져다주셨지.' 다시 추억은 어린 시절에서 멈추었고, 이반 일리치의 마음도 다시 아팠다. 그는 옛 추억을 떨쳐내고 다른 것을 생각하려고 애썼다.

다시, 이런 옛 추억의 흐름과 함께 그의 마음속에는 병이 어떻게 악화되고 깊어졌는지에 대한 다른 기억의 흐름이 있었다. 이번에도 역시 현재에서 더 멀어질수록 그의 삶은 더 활기찼다. 삶에서 선이 더 많았고, 삶 자체도 더 풍요로웠다. 이제 이런저런 기억이 한데 뒤섞였다. '갈수록 고통이 더욱더 심해지는 것처럼 나의 삶 전체도 갈수록 더욱더 나빠졌군.' 그는 이렇게 생각했다. 시간을 거슬러올라간 그곳, 삶의 초기에는 한줄기 밝은 빛이 반짝이고 있었지만, 시간이 흐를수록 그 빛은 점점 더 어두워졌고, 그 속도도 점점 더 빨라졌다. '그 속도는 죽음과의 거리의 제곱에 반비례하는군.' 이반 일리치는 생각했다. 가속도가 붙어 아래로 떨어지는 돌의 형상은 그의 영혼 속에 깊이 각인되었다. 생명도, 점점 심해지는 고통도 끝을 향해, 가장 끔찍한 고통을 향해 점점 더 빠르게 떨어지고 있었다. '나는 떨어지고 있다……' 그는 흠칫 몸을 떨고 몸부림치며 저항하고 싶었다. 하지만 저항할 수 없다는 것을 이미 알고 있었다. 바라볼 만큼 바라봤지만 눈앞에 있는 것이라 바라보지 않을 수 없는 소파 등받이를 피곤한 눈으로 다시 바라보며 그는 자신의 무시무시한 추락과 충격과 파멸을 기다리고 또 기다렸다. '저항할 수 없어.' 그는 혼잣말을 했다. '하지만 하다못해 왜 이런 일이 생겼는지는 알아야 하는 거 아니야? 이것도 불가능해. 내가 인생을 잘못 살았다고 말한다면 설명할 수 있겠지. 하지만 그것만은 절대 인정할 수 없어.' 그는 정정당당하고 올바르며 품위 있었던 자신의 지난 삶을 떠올리며 혼잣말을 했다. '그것만은 절대 인정할 수 없어.' 그는 입술을 움직여 가볍게 웃으면서 혼잣말을 했는데, 누군가 그 웃음을 보았다면 그가 정말 웃고 있다고 속았을 것이다. '도저히 설명할 수 없어! 고통, 죽음…… 도대체 왜?'

11

그렇게 또 두 주가 지났다. 이 두 주 사이에 이반 일리치와 그의 아내가 바라던 일이 일어났다. 페트리셰프가 딸에게 정식으로 청혼한 것이었다. 어느 날 저녁에 일어난 일이었다. 다음날 프라스코비야 표도로브나는 표도르 페트로비치가 딸에게 청혼했다는 소식을 어떻게 알릴까 곰곰이 생각하면서 남편의 방으로 들어갔는데, 바로 그날 밤 이반 일리치의 병세가 더욱 악화되었음을 알리는 새로운 변화가 나타났다. 프라스코비야 표도로브나는 같은 소파에 누워 있는 남편을 발견했는데, 그 누운 자세가 평소와는 달랐다. 그는 고개를 위로 하고 똑바로 누워서 신음하며 시선을 고정한 채 자기 앞만 바라보고 있었다.

그녀는 약에 대해 말하기 시작했다. 그는 그녀에게 시선을 돌렸다. 그녀는 시작한 말을 다 끝내지 못했다. 남편의 시선에서 바로 아내인 자신을 향한 깊은 증오심을 보았기 때문이다.

"제발, 날 편안히 죽게 내버려둬." 그가 말했다.

그녀는 방에서 나가려고 했지만, 그 순간 딸이 들어와 인사를 하러 다가왔다. 그는 아내를 바라볼 때와 똑같은 시선으로 딸을 바라보았고, 몸은 좀 어떠시냐는 딸의 물음에 이제 곧 그들 모두를 병든 자신으로부터 해방시켜 줄 것이라고 매정하게 말했다. 두 사람은 말없이 잠시 앉아 있다가 방에서 나왔다.

"우리가 뭘 잘못했다는 거예요?" 리자가 어머니에게 말했다. "마치 우리가 아버지를 저렇게 만들었다는 듯이 말하잖아요! 나도 아빠가 불쌍해요. 그렇다고 우릴 괴롭힐 이유는 없잖아요?"

의사는 늘 오던 시간에 왔다. 이반 일리치는 줄곧 증오에 찬 시선으로 의사를 바라보며 의사가 묻는 말에 "예, 아니요"라고 대답하다가 마침내 이렇게 말했다.

"당신이 나를 위해 아무것도 해줄 수 없다는 것을 당신도 알고 있잖소. 그러니 나를 내버려두시오."

"고통을 가볍게 할 수는 있습니다." 의사가 말했다.

"그것도 못하고 있잖소. 그러니 내버려두시오."

의사가 응접실로 나와서 프라스코비야 표도로브나에게 환자의 상태가 아주 나쁘고, 극심한 통증을 덜어주기 위해서는 아편을 쓰는 수밖에 없다고 말했다.

의사는 환자의 육체적 고통이 끔찍한 것은 사실이지만, 육체적 고통보다 더 끔찍한 것은 환자의 정신적 고통이며, 그것이야말로 환자에게 가장 큰 고통이라고 말했다.

그의 정신적 고통은 전날 밤, 광대뼈가 튀어나오고 선량한, 졸음이 가득한 게라심의 얼굴을 바라보다가 '만약 정말로 나의 모든 삶이, 나의 의식적인 삶이 "그게 아니"었다면 어떻게 하지?'라는 의심이 문득 머릿속에 떠오르면서 시작되었다.

예전에는 전혀 불가능한 것으로 여겨졌던 일, 즉 그가 살아온 삶이 잘못된 것이고, 또 그것이 진실일 수 있다는 생각이 머릿속에 떠올랐다. 최상류층 사람들이 훌륭하다고 여기는 것에 맞서 싸우려고 했던 아주 미약한 시도들, 그런 생각이 들자마자 즉시 떨쳐버렸던 그 미약한 시도들, 바로 그것들이 진짜일 수 있고 나머지 모든 것은 거짓일 수 있다는 생각이 머릿속에 떠올랐다. 자신의 일도, 삶의 방식도, 가족도, 사회와 직장의 이해관계도 다 거짓일 수 있었다. 그는 눈앞의 이 모든 것들을 지키고 보호하려 애썼다. 그런데 돌연, 그는 자신이 지키고 보호하고 있는 이 모든 것이 헛되고 허약한 것임을 느꼈다. 지키고 보호해야 할 것은 아무것도 없었다.

'만일 정말 그렇다면,' 그는 혼잣말을 했다. '내게 주어진 모든 것을 망쳐놓았다는 것을 의식한 채, 그것을 바로잡을 기회도 없이 죽어간다면, 그땐 어떻게 될까?' 그는 고개를 위로 하고 똑바로 누워서 자신의 일생을 완전히 새롭게 되돌아보기 시작했다. 오늘 아침에 그가 하인과 아내와 딸과 의사를 차례로 보았을 때, 그들의 행동 하나하나와 그들의 말 한마디 한마디는 지난밤 그에게 실체를 드러낸 끔찍한 진실을 확인시켜주었다. 그는 그들에게서 자기 자신의 모습과 자신이 삶의 수단으로 삼았던 모든 것들을 보았고, 그 모든 것들은 잘못된 것일 뿐만 아니라 삶도 죽음도 가려버리는 끔찍하고 거대한 거짓이었다는 것을 분명히 알게 되었다. 이런 인식은 그의 육체적 고통을 열 배나 가중시켰다. 그는 신음하고 몸부림치며 자기 옷을 쥐어뜯었다. 옷이 숨통을 조이고 짓누르는 것만 같았다. 그리고 이 때문에 그는 그들을 증오했다.

그에게 많은 양의 아편이 투여되었고, 그는 의식을 잃었다. 하지만 식사시간 무렵에 다시 똑같은 일이 시작되었다. 그는 모든 사람들을 자기 방에서 내쫓고, 몸을 뒤척이며 몸부림쳤다.

아내가 그에게 다가와 말했다.

"장, 여보, 제발 날 위해서(날 위해서라고?) 그렇게 해요. 전혀 해롭지 않고 자주 도움이 된대요. 정말, 아무렇지도 않아요. 건강한 사람들도 자주……"

그는 눈을 크게 떴다.

"뭐? 성찬을 받으라고? 왜? 필요 없어! 하긴……"

아내가 울음을 터뜨렸다.

"그렇게 해요, 여보, 예? 사제를 부를게요. 아주 좋은 분이에요."

"좋아, 아주 좋아." 그가 말했다.

사제가 도착해서 그의 참회를 들어주자 그는 한결 마음이 가벼워졌고, 마음속 의혹도 가라앉고, 그 때문에 고통도 줄어드는 것 같았다. 그에게 희망의 순간이 찾아왔다. 그는 다시 맹장과 맹장이 회복될 가능성에 대해 생각하기 시작했다. 그는 두 눈에 눈물을 글썽이며 성찬을 받았다.

성찬 의식이 끝나고 자리에 눕자 그는 잠시나마 편안해졌고, 다시 삶에 대한 희망이 솟아났다. 그는 언젠가 권유받았던 수술에 대해 생각하기 시작했다. '살고 싶다, 살고 싶어.' 그는 이렇게 혼잣말을 했다. 아내가 성찬 받은 것을 축하하러 왔다. 그녀는 일상적인 말을 몇 마디 하더니 이렇게 덧붙였다.

"당신 정말 한결 나아졌죠?"

그는 아내를 바라보지 않고 대답했다. 그래.

그녀의 옷차림, 몸매, 얼굴 표정, 목소리, 이 모든 것들은 그에게 한 가지 사실을 말해주었다. '그게 아니에요. 당신이 의지하며 살아왔고, 지금도 의지하며 살고 있는 그 모든 것은 삶과 죽음을 가리는 거짓이자 기만일 뿐이에요.' 이런 생각이 들자마자 증오심이 고개를 쳐들었고, 이 증오심과 함께 끔찍한 육체적 고통이 뒤따랐으며, 이 고통과 함께 피할 수 없는 죽음이 임박했다는 인식이 그 뒤를 따랐다. 몸에 뭔가 새로운 증상이 나타났다. 몸이

뒤틀리며 쿡쿡 쑤시고 숨이 막혔다.

'그래'라고 말했을 때 그의 표정은 끔찍했다. 아내의 얼굴을 똑바로 쳐다보며 '그래'라고 말하고 나서 그는 쇠약해진 몸이라고 생각하기 어려울 정도로 재빠르게 돌아눕더니 소리쳤다.

"나가, 나가란 말이야. 날 내버려둬!"

12

그때부터 그의 고함소리가 시작되었는데, 사흘간 멈추지 않고 계속되었고, 그 소리가 얼마나 끔찍했던지 방 두 칸이 떨어진 곳에서도 너무나 무서워서 벌벌 떨 정도였다. 그는 아내에게 대답했던 그 순간, 자신이 되돌아올 수 없는 나락으로 떨어졌고, 죽음이, 진짜 죽음이 찾아왔지만 죽음에 대한 의혹은 여전히 해결되지 않은 채 여전히 의혹으로 남아 있다는 것을 깨달았다.

"우! 우우! 우!" 그는 다양한 억양으로 소리를 질러댔다. 그는 '니 하추!'*라고 외치기 시작했고, 마지막 모음인 '우'를 계속 외쳐댔다.

* 러시아어로 '싫어!'를 뜻한다.

그에게 시간이 존재하지 않았던 이 사흘 동안, 그는 보이지도 않고 당해낼 수도 없는 어떤 힘이 그를 밀어넣은 그 검은 자루 속에서 몸부림치고 있었다. 사형선고를 받은 죄수가 사형집행인의 손아귀에서 빠져나가려고 발버둥치는 것처럼, 그는 목숨을 건질 수 없다는 것을 알면서도 아득바득 용을 썼다. 그는 있는 힘을 다해 맞서 싸웠지만 자신이 그토록 두려워하는 것을 향해 점점 더 가까이 다가가고 있다는 걸 매 순간 느끼고 있었다. 그는 자신이 이 검은 구멍 속으로 떠밀려서 고통스럽고, 이 구멍으로 빠져들어갈 수 없어서 더욱 고통스럽다고 느꼈다. 자신의 삶이 좋았다고 인정하고 있기 때문에 그는 이 구멍으로 빠져들어가지 못하고 있는 것이다. 자신의 삶이 옳았다는 이런 인식이 그를 붙들고 앞으로 나아가지 못하게 했으며, 무엇보다 그를 고통스럽게 했다.

갑자기 어떤 힘이 그의 가슴과 옆구리를 밀치자 숨을 쉬기가 더욱 힘들어졌고, 그는 구멍 속으로 떨어졌는데, 그곳, 구멍 끝에서 뭔가가 환히 빛나고 있었다. 기차의 객실에서 흔히 있는 일이 그에게 일어났다. 기차가 뒤로 가고 있는데 앞으로 가고 있다고 생각하다가 갑자기 기차의 진짜 진행 방향을 깨닫는 경우처럼.

"그래, 모든 것이 그게 아니었어." 그가 혼잣말을 했다. "하지만 괜찮아. 할 수 있어, '그것'을 할 수 있어. 그런데 도대체 '그게' 뭐지?" 그는 이렇게 자문하고 돌연 입을 다물었다.

XO

그것은 사흘째 날이 끝나갈 무렵, 그가 사망하기 한 시간 전에 일어난 일이었다. 바로 그때 김나지움에 다니는 아들이 살금살금 아버지에게 다가왔다. 죽어가는 사람은 여전히 절망적으로 소리치며 두 손을 내젓고 있었다. 그의 한쪽 손이 아들의 머리에 부딪혔다. 아들은 그 손을 잡아 입술에 꼭 대고는 울음을 터뜨렸다.

바로 그 순간 이반 일리치는 구멍 속으로 떨어졌고, 빛을 보았으며, 그의 삶이 제대로 된 게 아니었지만 아직은 자신의 삶을 바로잡을 수 있다는 것을 깨달았다. 그래서 그는 도대체 '그게' 뭐지? 하고 자문하고 나서 귀를 기울이며 입을 다물었다. 바로 그때 그는 누군가 자신의 손에 입을 맞추고 있다는 것을 느꼈다. 그는 눈을 뜨고 아들을 힐끗 쳐다보았다. 아들이 불쌍했다. 아내가 그에게 다가왔다. 그는 아내를 힐끗 쳐다보았다. 그녀는 입을 벌리고 코와 뺨에 흐르는 눈물을 닦지 않은 채 절망적인 표정으로 그를 바라보고 있었다. 아내도 불쌍했다.

'그래, 내가 가족들을 괴롭히고 있어.' 그는 생각했다. '가족들은 마음 아파하겠지만, 내가 죽으면 한결 나을 거야.' 그는 이 말을 하고 싶었지만 입 밖에 낼 힘이 없었다. '하지만, 굳이 말할 필요는 없어. 행동으로 보이면 되지.' 그는 이렇게 생각했다. 아내에게 눈짓으로 아들을 가리키며 말했다.

"데리고 나가…… 불쌍해…… 당신도……" 그는 '프로스티'라고 말하고 싶었지만 '프로푸스티'라고 말해버렸다.* 하지만 그 말을 바로잡을 힘도

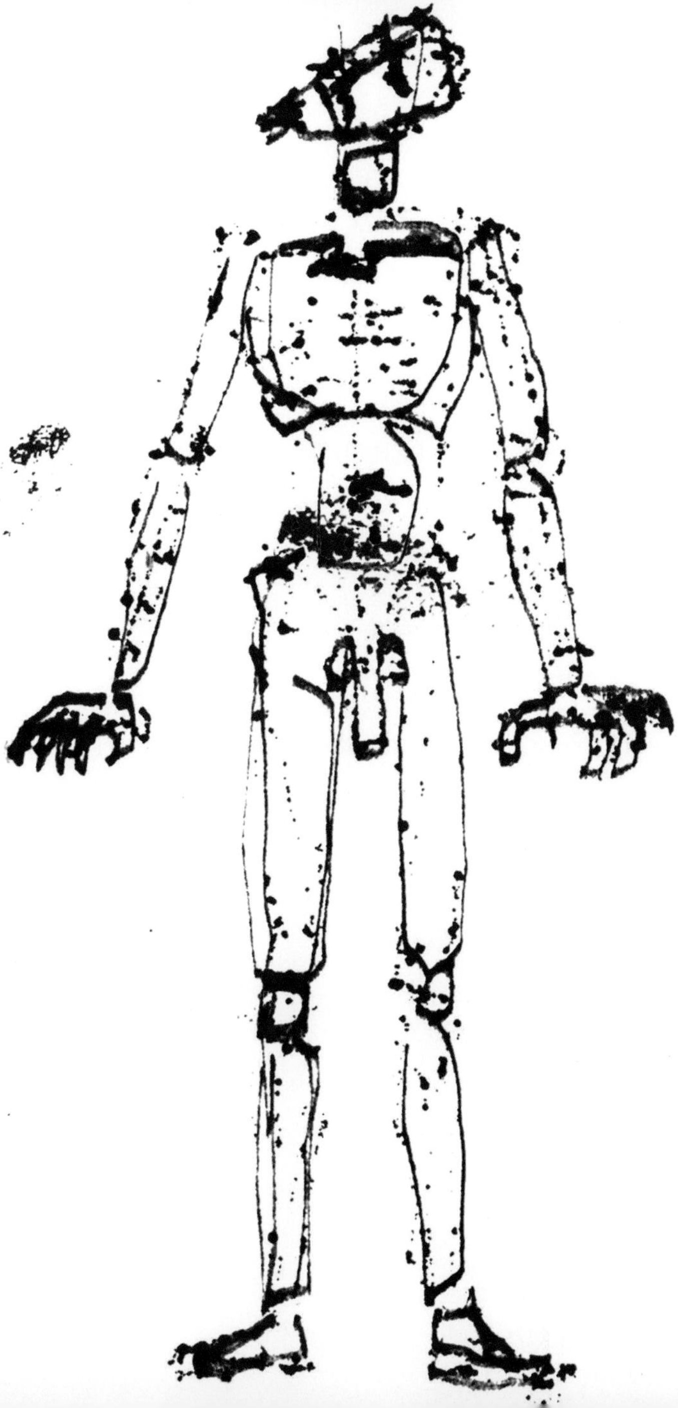

없어서, 알아들을 사람은 알아들을 거라고 생각하며 한 손을 내저었다.

그러자 돌연 모든 것이 명료해졌고, 지금까지 그를 괴롭히며 그의 몸밖으로 나오지 않던 것들이 별안간 양쪽에서, 열 방향에서, 그리고 온갖 방향에서 한꺼번에 몸밖으로 나왔다. 가족들이 불쌍했고, 그들이 마음 아파하지 않도록 해야만 했다. 이 고통으로부터 그들을 해방시키고, 자기 자신도 해방되어야 했다. '아, 얼마나 좋고, 얼마나 간단한가.' 그는 생각했다. '그런데 통증은?' 그는 자문했다. '어디로 갔지? 어이, 통증, 자네 어디 있나?'

그는 귀를 기울이기 시작했다.

'아, 여기 있군. 그래, 할 수 없지, 그냥 놔둬.'

'그런데 죽음은? 죽음은 어디 있지?'

그는 예전에 익숙했던 죽음의 공포를 찾아보았지만 찾을 수 없었다. 죽음은 어디 있지? 어떤 죽음? 죽음이 없었기 때문에 어떤 죽음의 공포도 없었다.

죽음 대신 빛이 있었다.

"그래, 바로 이거야!" 갑자기 그가 소리 내어 말했다. "아, 얼마나 기쁜가!"

그에게 이 모든 것은 한순간에 일어났고, 이 한순간의 의미는 이제 변하지 않았다. 임종을 지켜보는 사람들에게 그의 고통은 두 시간이나 더 계속

---

* 러시아어 '프로스티'는 '용서해줘', '프로푸스티'는 '지나가게 해줘'를 뜻한다.

되었다. 그의 가슴에서 뭔가가 그르렁거렸다. 극도로 쇠약해진 그의 몸이 경련을 일으키며 부르르 떨었다. 이윽고 그르렁거리는 소리도 쌕쌕거리는 소리도 점점 드물어졌다.

"끝났습니다!" 누군가 그를 굽어보며 말했다.

그는 이 말을 듣고 마음속에 되뇌었다. '끝난 건 죽음이다.' 그는 혼잣말을 했다. '죽음은 더이상 없다.'

그는 숨을 깊이 들이마셨고, 숨을 내쉬는 도중에 숨을 멈추더니 몸을 쭉 뻗고 죽었다.

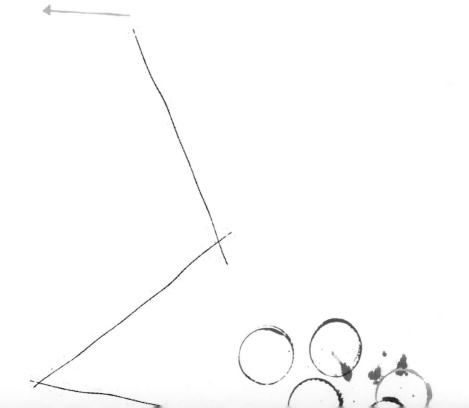

옮긴이의 말

『전쟁과 평화』『안나 카레니나』『부활』 등의 장편소설을 쓴 톨스토이(1828~1910)는 투르게네프, 도스토옙스키, 체호프 등과 함께 러시아 소설의 황금시대를 주도하고 변방의 러시아문학을 일약 세계문학의 최고봉에 올려놓은 대문호다. 톨스토이는 3대 장편과 일련의 중단편에서 러시아의 삶과 현실을 총체적으로 묘사하면서 민중사상과 반反영웅주의, 욕망과 질투, 도덕과 윤리의 문제를 제기하고 삶의 진정한 의미와 목적을 끊임없이 탐구했다.

조실부모한 톨스토이 주변에는 유난히 죽음이 많았다. 셋째형 드미트리와 맏형 니콜라이가 일찍 죽었고, 열세 명의 자녀 중 다섯이 톨스토이가 살아 있는 동안 사망했다. 그래서일까. 톨스토이는 죽음에 지나치게 예민했고, 1870년대 후반부터는 죽음에 대한 공포에 시달리며 우울증에 빠져 자살 충동을 느끼기까지 했다. 톨스토이는 자전적 에세이 『고백』과 중단편 「세 죽음」 「이반 일리치의 죽음」 「주인과 하인」 등에서 죽음의 문제를 철학적·심리적으로 진지하게 다뤘다. 특히 러시아의 소설가이자 문학사가인 블라디미르 나보코프가 "톨스토이의 작품 중 가장 예술적이고 가장 완벽하며 또한 가장 정교하다"고 극찬한 「이반 일리치의 죽음」은 죽음을 다룬 최고의 명작으로 손꼽힌다.

「이반 일리치의 죽음」(1866)에는 죽음에 대한 톨스토이의 사색과 고뇌, 공포가 응축되어 있다. 평생 정직하게 열심히 살았다고 자부하는 항소법원 판사 이반 일리치가 처음에는 자신에게 닥친 죽음을 부정하고 분노한다. 그러다가 서서히 죽음과 타협하며 우울증에 빠지고, 결국 죽음을 수용하는 과정이 상세하게 그려진다. 또한 자신이 살아온 방식이 틀렸을 수 있다는 것을 인정하고 주변 사람들에 대한 이해와 용서, 연민과 사랑으로 마침내 죽음의 공포를 극복해 진정한 구원에 이르는 순간이 서사시적으로 장엄하게 그려진다.

이 소설은 이반 일리치의 죽음으로 시작하여(1장) 어린 시절부터 마지막 순간까지 그의 삶의 역정歷程을 상세하게 보여준다(2장~12장). 이 역순행적 서사와 구성이 이반 일리치의 단순하고 평범한 일생을 극적으로 만든다. 여기에는 사회소설, 가족소설, 성장소설, 심리소설, 철학소설 등의 요소가 골고루 내포되어 있다.

신문에서 이반 일리치의 부고를 보고 장례식장을 찾은 동료들은 고인의 명복을 빌고 진심으로 애도하기보다 그의 죽음이 자신에게 끼칠 영향(자리 이동과 보직 변경 등)과 조문 후의 카드놀이를 생각하고, 무엇보다 "죽은 게 자신이 아니라 그라는 사실에 안도"한다. 가족도 마찬가지다. 아내는 남편을 잃은 슬픔보다 연금 수급과 묏자리 구입 등에 더 신경쓰고, 장례식장에 나타난 딸과 약혼자의 차가운 태도에서는 어떤 슬픔도 느껴지지 않는다. 촛불이 타고 향냄새 가득한 빈소의 살풍경과 조문객들의 가식적인 언행에 대한 생생하고 객관적인 묘사는 공포를 자아낼 정도다. 장례식에 모인 사람들 가운데 울어서 눈이 퉁퉁 부은 고인의 아들과 '죽음을 하느님의 뜻'으로 자연스럽게 받아들이는 하인 게라심의 태도만이 어둠 속에 빛나는 한 줄기 빛이다.

이 소설은 성공의 정점에 이른 마흔다섯 살의 이반 일리치가 갑자기 원인 모를 병에 걸려 죽음에 이르는 전 과정을 주인공의 일인칭 시점으로 전개한다. 죽음에 직면한 이반 일리치는 자신이 왜 죽어야 하는지 자문하고, 자신의 인생을 돌아보며 '삶의 의미'를 고통스럽게 되묻는다. 그러나 답은 없다. 그는 병을 고치기 위해 명의를 찾아다니며 온갖 약을 복용해보지만 소용이 없다. 아내와 딸을 비롯한 지인들은 그의 육체적 및 정신적 고통을 전혀 이해하지 못하고, 이해하려 하지도 않는다. 이반 일리치는 주변 사람들의 무관심과 이기적이고 위선적인 태도를 원망하다가 마침내 그들을 향해 분노를 폭발하고 철저히 고립된다. 그리고 신과 운명을 저주하며 고통에 몸부림친다. 이 와중에 그는 자기 용변을 흔쾌히 처리하는 하인 게라심의 진심어린 언행과 단순하고 유쾌한 그의 사랑에서 유일하게 위안을 얻는다.

무엇보다 이 소설은 '죽음의 심리학'으로 불릴 정도로 중병에 걸린 환자의 모순된 심리와 끔찍한 육체적 고통을 놀랍도록 날카롭게 포착한다. 마지막 사흘 동안 어떤 힘에 의해 '검은 자루' 속으로 떠밀린 이반 일리치는 "우! 우우! 우!" 비명을 지르며 발버둥치다가 마침내 '검은 구멍'으로 떨어지고, 그 순간 빛을 본다. 이제 죽음이 없으니 죽음의 공포도 없고, 죽음 대신 빛이 있을 뿐이다. 이반 일리치는 자신의 삶이 잘못되었다고 겸허히 인정하고 주변 사람들을 연민하고 용서하는 순간, '검은 구멍'을 통과해 빛의 세계로 들어간다. 마침내 죽음의 공포와 육체적 고통에서 벗어나 편안히 눈을 감는 것이다.

「이반 일리치의 죽음」은 한 인간이 죽음 앞에서 자신의 삶 전체를 되짚어 보며 그 의미를 파고드는 과정을 매우 밀도 있고 설득력 있게 그려냄으로써, 보편적인 인간의 삶과 운명을 근본부터 다시 고찰하게 만드는 감동적인 여러 장면을 담고 있다.

이반 일리치가 마지막 순간에 진정한 삶의 의미를 깨닫고 죽음조차 넘어선다는 것은 이반 일리치의 깨달음일 뿐만 아니라, 죽음을 피할 수 없는 작가 자신과 우리들, 그리고 모든 인간의 삶에 대한 의미 부여이기도 하다. 이에 더해, 톨스토이는 외적인 일상의 모습과 인간 심리의 움직임 사이의 거리를 적나라하게 묘사함으로써 우리에게 삶의 보편적 모습을 인지하게 한다. 이런 점에서 이 소설은 죽음에 대한 철학적 의미의 탐색인 동시에 인간의 일상적 모습과 내면 사이의 날카로운 대립과 지양의 심리극이라 할 수 있다. 이 소설을 읽는 독자들이 품위 있고 존엄하게 죽는 웰다잉well-dying에 대해 진지하게 생각해보면 좋겠다. 웰다잉은 곧 웰빙well-being이기 때문이다.

이항재

레프 톨스토이 연보

1828년 8월 28일(신력 9월 9일. 이후 월, 일은 구력 표기), 니콜라이 일리치 톨스토이 백작과 마리야 니콜라예브나 톨스타야(볼콘스키 공작 가문) 사이에서 5남매 중 넷째 아들로 툴라 지방의 야스나야 폴랴나에서 출생.

1830년 8월 4일, 어머니 사망.

1837년 1월 10일, 가족이 모스크바로 이주. 6월, 아버지 사망.

1844년 8월, 형제들과 카잔으로 이사하여 카잔대학교 동양학부(아랍-터키문학과정)에 입학.

1845년 9월, 카잔대학교 법학부로 전공 변경.

1847년 4월 17일부터 일기를 쓰기 시작. '가정사와 건강 문제'로 카잔대학교를 중퇴한 후 맏형 니콜라이와 함께 야스나야 폴랴나로 귀향하여 농업경영과 농민생활 개선을 위해 노력했으나 성과를 내지 못함.

1848년 가을, 모스크바로 이주하여 사교계를 전전하며 향락에 빠짐.

1851년 4월 29일, 형 니콜라이를 따라 캅카스로 떠남. 5월, 캅카스 포병여단의 사관후보생 시험에 합격. 5~7월, 첫 작품인 「어린 시절」 집필.

1852년 9월, 'L. N.'이란 익명으로 〈동시대인〉에 「어린 시절」 발표.

1853년 3월, 〈동시대인〉에 중편 「습격」 발표.

1854년 1월, 소위보로 승진. 10월, 〈동시대인〉에 「소년 시절」 발표. 11월, 세바스토폴에 도착하여 크림전쟁에 참여.

1855년 1월, 〈동시대인〉에 단편 「당구 점수기록원의 수기」 발표. 6월, 〈동시대인〉에 「12월의 세바스토폴」 발표. 9월, 〈동시대인〉에 「삼림 벌채」 발표, 상트페테르부르크에서 투르게네프, 네크라소프, 곤차로프, 페트, 파나예프, 오스트롭스키와 교류.

1856년 1월, 〈동시대인〉에 「1855년 8월의 세바스토폴」 발표. 3월 3일, 셋째 형 드미트리가 결핵으로 사망. 5월, 〈동시대인〉에 「두 경기병」 발표. 11월 26일, 제대 후 야스나야 폴랴나로 귀향. 12월, 〈동시대인〉에 「지주의 아침」 발표.

1857년 1월, 〈동시대인〉에 「청년 시절」 발표. 1월 29일~7월, 첫 유럽여행.

1859년 〈독서를 위한 도서관〉에 「세 죽음」 발표. 2월, '모스크바 러시아어문학 애호가 협회'에 가입. 5월, 〈러시아 통보〉에 「결혼의 행복」 발표. 10월, 고향에 농민학교 개설.

1860년 7월, 두번째 유럽여행. 9월, 맏형 니콜라이 사망.

1862년 여름, 잡지 〈야스나야 폴랴나〉 발행. 9월 23일, 크렘린 성모탄생 사원에서 궁전의宮殿醫 베르스의 둘째 딸 소피야 안드레예브나와(당시 18세) 결혼.

1863년 2월, 〈러시아 통보〉에 「카자크 사람들」 발표. 맏아들 세르게이 출생.

1864년 페테르부르크의 스텔롭스키 출판사에서 최초의 두 권짜리 톨스토이 선집 출판. 10월, 맏딸 타티야나 출생.

1865년 1~2월, 〈러시아 통보〉에 장편 『1805년』 발표(『전쟁과 평화』의 1, 2부에 해당).

1866년 5월, 둘째 아들 일리야 출생.

1867년 9월, 『전쟁과 평화』 3, 4부 집필.

1868년 『전쟁과 평화』 5부 집필.

1869년 『전쟁과 평화』 6부 집필. 5월 20일, 셋째 아들 레프 출생.

1871년 2월, 딸 마리야 출생. 여름, 사마라 바주루스키 지역의 토지 구매. 가을, 『초등 교과서』 집필.

1872년 『초등 교과서』 발행. 「캅카스의 포로」 발표.

1873년 3월, 『안나 카레니나』 집필 시작. 12월, 러시아 과학 아카데미 러시아어문학 분야 회원으로 선출.

1875년 1월, 〈러시아 통보〉에 『안나 카레니나』 게재 시작.

1877년 『안나 카레니나』 집필 완료. 7월, N. 스트라호프와 함께 오프티나 푸스틴 수도원 방문. 12월, 아들 안드레이 출생.

1878년 『안나 카레니나』 단행본으로 출간. 『고백』 집필 시작.

1879년 12월, 아들 미하일 출생.

1880년 『고백』 완성. 4월, 푸시킨 기념축제 참석을 거절.

1881년 황제 알렉산드르 3세에게 알렉산드르 2세를 암살한 혁명당원들의 처형을 반대하는 청원 편지 보냄. 오프티나 푸스틴 수도원 방문, 단편 「사람은 무엇으로 사는가」 발표.

1883년 6월 10일, 병상의 투르게네프가 톨스토이에게 편지를 써서 순수예술로 돌아오라고 간청. 9월, 『나의 신앙은 무엇인가』 집필. 10월, V. 체르트코프 만남.

1884년 6월 17일, 야스나야 폴랴나에서 첫 가출 시도. 6월 18일, 막내딸 알렉산드라 출생. 11월, 체르트코프가 중개인 출판사 설립.

1885년 중개인 출판사를 위해 「양초」 「두 노인」 「바보 이반 이야기」 등을 집필.

1886년 중편 「이반 일리치의 죽음」 발표. 희곡 「암흑의 힘」 집필. 중편 「홀스토메르」, 단편 「사람에게 많은 땅이 필요한가」 발표.

1887년 「인생론」 「크로이처 소나타」 집필(1887~1889, 1891년에 출판). V. 코롤렌코와 만남.

1888년 2월, 모스크바에서 야스나야 폴랴나까지 도보 여행. 3월 31일, 막내아들 이반 출생.

1889년 「세르기 신부」 집필. 오프티나 푸스틴 수도원 순례 여행. 「크로이처 소나타」가 검열로 출판 금지됨. 11월, 중편 「악마」 집필.

1891년 2월 24일, 희곡 「계몽의 열매」가 모스크바에서 초연됨(K. 스타니슬랍스키 연출). 기근 농민들을 위한 무료급식소 사업 전개.

1893년 5월 4일, 「신의 나라는 너희들 내부에 있다」 집필. 7~8월, 「무위」 집필. 10월, 「노자」 번역 시작.

1894년 1월, 이반 부닌과 만남.

1895년 3월 23일, 막내아들 이반 사망. 3월 27일, 최초의 유언장을 씀. 8월, 야스나야 폴랴나에 찾아온 안톤 체호프와 만남.

1896년 아내와 함께 여동생 마리야가 있는 샤모르디노 수도원 방문. 이 수도원에서 「하지 무라트」 집필 구상.

1897년 겨울, 『예술이란 무엇인가』 탈고.

1898년 두호보르교도들과 만남. 「세르기 신부」와 『부활』 집필 계속.

1899년 3월, 〈니바〉에 『부활』 발표.

1900년 1월 16일, 야스나야 폴랴나에서 M. 고리키와 만남.

1901년 2월 22일, 신성종무원이 톨스토이를 러시아정교회에서 파문하기로 결정. 7~9월, 티푸스와 폐렴에 걸려 크림 지역 카스프라에서 요양.

1902년 5월, V. 코롤렌코와 만남.

1903년 단편 「무도회가 끝난 뒤」 집필.

1904년 5월, 러일전쟁에 대한 논문 「깊이 생각하라」 집필. 「하지 무라트」 완성. 비류코프가 쓴 『톨스토이 전기』 원고 교열.

1905년 2월, 「알료샤 고르쇼크」 집필.

1906년 8월, 소피야 안드레예브나가 중병에 걸림. 11월, 딸 마리야 사망.

1907년 당국에 의해 톨스토이의 몇몇 저서가 압수당함. 10월, 비서 N. 구세프가 체포당함.

1908년 1월, 톨스토이 탄생 80주년 기념제를 위한 특별위원회가 페테르부르크에서 조직됨. 8월 28일, 톨스토이 탄생 80주년 기념제가 세계 각처에서 열림. 「아동을 위한 그리스도의 가르침」 발표.

1909년 8월, 비서 구세프가 다시 체포되어 유형에 처해짐. 10월, 유언장 작성.

1910년 2월, 단편 「호드인카」 집필. 7월 22일, 최후의 유언장 작성. 10월 28일 새벽, 소피야 안드레예브나에게 쪽지를 남기고 의사 마코비츠키와 함께 야스나야 폴랴나의 정든 집을 떠남. 10월 28~29일, 오프티나 푸스틴 수도원에 머물다가 샤모르디노 수도원으로 가서 여동생 마리야 니콜라예브나와 만남. 10월 31일, 여행 도중 병이 위중해져 랴잔-우랄 철도 중간의 시골역에서 내림. 11월 3일, 일기에 마지막 감상을 씀. 11월 7일 오전 6시 5분, 아스타포보 간이역의 역장 관사에서 사망. 11월 9일, 유언에 따라 야스나야 폴랴나의 '자카스' 숲에 묻힘.

옮긴이 **이항재**

고려대학교 노어노문학과를 졸업하고 동 대학원에서 「투르게네프의 후기 중단편 연구」로 박사학위를 받았다. 고리키세계문학연구소 연구교수와 한국러시아문학회 회장을 지냈고, 현재 단국대학교 러시아어과 교수로 재직중이다. 지은 책으로 『소설의 정치학: 투르게네프 소설 연구』 『러시아 문학의 이해』(공저)가 있고, 옮긴 책으로 『사람은 무엇으로 사는가』 『러시아 문학사』 『아르세니예프의 인생』 『아버지와 아들』 『루진』 『귀족의 보금자리』 『첫사랑』 『숄로호프 단편선』 『톨스토이와 함께한 하루』 등이 있다.

문학동네 세계문학

이반 일리치의 죽음

초판 인쇄 2025년 3월 7일 | 초판 발행 2025년 3월 20일

지은이 레프 톨스토이 | 그린이 아구스틴 코모토 | 옮긴이 이항재
책임편집 백지선 | 편집 고선향
디자인 최윤미 이주영 | 저작권 박지영 형소진 오서영
마케팅 정민호 서지화 한민아 이민경 왕지경 정유진 정경주 김수인 김혜원 김예진 나현후 이서진
브랜딩 함유지 박민재 이송이 김희숙 박다솔 조다현 김하연 이준희
제작 강신은 김동욱 이순호 | 제작처 영신사

펴낸곳 (주)문학동네 | 펴낸이 김소영
출판등록 1993년 10월 22일 제2003-000045호
주소 10881 경기도 파주시 회동길 210
전자우편 editor@munhak.com | 대표전화 031) 955-8888 | 팩스 031) 955-8855
문학동네카페 http://cafe.naver.com/mhdn
인스타그램 @munhakdongne | 트위터 @munhakdongne
북클럽문학동네 http://bookclubmunhak.com

ISBN 979-11-416-0918-4 03890

일 러 스 트 와 함 께 읽 는 세 계 명 작

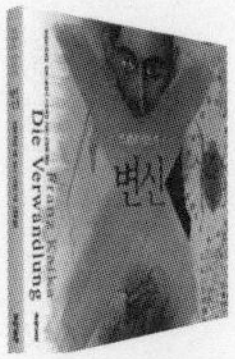

변신

프란츠 카프카
루이스 스카파티 그림 | 이재황 옮김

파우스트

요한 볼프강 폰 괴테
외젠 들라크루아, 막스 베크만 그림 | 이인웅 옮김

지킬 박사와 하이드 씨

로버트 루이스 스티븐슨
마우로 카시올리 그림 | 강미경 옮김

검은 고양이

에드거 앨런 포
루이스 스카파티 그림 | 강미경 옮김

필경사 바틀비

허먼 멜빌
하비에르 사발라 그림 | 공진호 옮김

외투

니콜라이 고골
노에미 비야무사 그림 | 이항재 옮김

바베트의 만찬

이자크 디네센
노에미 비야무사 그림 | 추미옥 옮김

밤: 악몽

기 드 모파상
토뇨 베나비데스 그림 | 송의경 옮김

장화 신은 고양이

샤를 페로
하비에르 사발라 그림 | 송의경 옮김

개를 데리고 다니는 여인

안톤 체호프
하비에르 사발라 그림 | 이현우 옮김